撲殺天使ドクロちゃんです

おかゆまさき ほか

いらすと●とりしも ほか

でざいん●おぎくぼゆうじ

どりびゅーと・とぅ・ドクロちゃん!
いらすと©CLAMP
水島監督つながりということで。
ドクロちゃん、大好きだけど
お家に来てくれるのは遠慮したいっていうか、
お隣に来てくれたのを、眺めていたいというか(笑)。
Illustration/CLAMP ©2006 CLAMP

いらすと◎いとうのいぢ
とりびゅーと・とぅ・ドクロちゃん！
撲殺。
ドクロちゃん、参加させて頂きましたー！
わーい！　またサバトちゃんも描いてみたいです。
キュートなのに血みどろな世界が好きですw

BOKUSATSU TENSHI
DOKURO-CHAN
可愛い外見とは裏腹に、問答無用すぎてこわい、
こわすぎるよ、ドクロちゃん。
でも可愛いから良いか。
それはともかく、静希ちゃんは良い娘です、えぇ。
とりびゅーと・とぅ・ドクロちゃん!
いらすと◎駒都えーじ

最近まで小麦ちゃんの絵を描いてましたぼくちんが、
今話題の♪ぴぴるぴるぴるぴぴるぴ～♪のドクロちゃんを
描かせて頂け、とても嬉しく思いかわいく描けなきゃ
ファンの皆様に撲殺されるのではないかと
びくびく物で、記念のコラボが出来ました～!!
(>_<)
いらすと◎渡辺明夫
どりびゅーと・とぅ・ドクロちゃん!

いらすと◎しゃあ
とりびゅーと・とぅ・ドクロちゃん!
木工ボンド部の話を見た時の衝撃を
元にリスペクトしてみました。
おかゆ先生はマジ天才だと思います。

いらすと◎若月神無

とりびゅーと・とぅ・ドクロちゃん!

発刊おめでとうございます☆
今度は大好きなサバトちゃんのコスを
なでしこにさせてみたいです……是非次回とかに。

もくじ

どりびゅーと・とぅ・ドクロちゃん！

撲殺天使ドクロちゃんです

撲殺天使ドクロちゃんです

お題

★1★

キャンペーンガールなドクロちゃん

「行くぞ桜《さくら》！　ほら！」

せっつく宮本《みやもと》。僕はイスに中腰のまま、

「あ――、もうちょっとだけまってぇぇ――！　あと二問！　あと二問だから！」

握った鉛筆をノートに走らせます。

ここは聖ゲルニカ学園、二年A組の教室。二時間目が終わって訪れた束《つか》の間の休み時間で、僕は親友に数学の宿題を写させてもらっていました。

現在、教室にいるのは僕と宮本の二人だけ。既に他《ほか》のクラスのみんなは社会科教室に移動してしまっているのです。

「つうか桜、宿題の答えを写すなら写すで、式の部分もちゃんと書けよ！　問題の次にいきなり答え書きやがって。それじゃ丸写しなのがモロバレだろ。サヴァン症候群なのかお前は！」

「そういうコトにしておいて！」

「しておけねぇよ！　この馬鹿《ばか》！」

「もっと、もっと言ってよ！」

「うるせえ！　こっち向いて口動かしてねえで手を動かせよ！」

「あと一問だから！」

こうして苦労しているのは、もちろん、あの天使のせい。

昨日の夜、ドクロちゃんが『びんかんサラリーマンお風呂《ふろ》セット』を傍《かたわ》らに、妹のザクロちゃんとお風呂に入ったコトを確認した後、僕は今のうちとばかりに宿題に取りかかったのです。が、部屋に忘れたボディーソープを取りに来たバスタオル姿の彼女にその現場を目撃《もくげき》され、固いモノでひっぱたかれ、お風呂にノートを連れ去られ、湯気でべろべろにされてしまったのです。

そんな彼女は今朝、「なんだか気分がすぐれないの。桜くんならわかる、よね……？」と、よくわからないコトを言って学校をズル休み。きっと今頃《いまごろ》、パジャマのままNHK教育テレビを見ながらイチゴ牛乳でも飲んでいるに違いありません。本当にワガママな女の子です。

彼女のように学校に来ないで家でだらだらするのはきっと、らくちんでココロ安らかなコトでしょう。けれど、僕はあの天使の少女と一緒《いっしょ》に学校を休んじゃえばよかったなんてぜんぜん思っていません。

いくら昼間はお父さんとお母さんがいなくて、カラダにぴったりぎみのパジャマ姿なドクロちゃんがうろうろ、お昼にはザクロちゃんのおいしい手料理が食べられるとしても、そんなコトは決して考えていないのです。本当です。

しかし、以上のような僕の苦労を知らない宮本《みやもと》は「はぁ～」とため息。

「それにそもそも、宿題を写すの今じゃなくていいだろ。数学は四時間目なんだしさ」

「そういう問題じゃないんだよ！　わからないかな宮本には、今の僕の心が!!」

「よし、じゃあ倒置法まで使ったお前の心が今、どんな問題を抱えてるのか言ってみろ」

「いいか？」

僕は自分のふでばこの中に手を突っこみ消しゴムを取り出し、間違った部分を丁寧《ていねい》に消しました。買ったばかりの消しゴムは、角がまだ十分に鋭く、細かい部分まできちんと消えるのです。ノート上のかすを払い、僕はふと、消しゴムの向こうに、経済大国と呼ばれた日本が今後
「言えよ早くッ!!　なにじっと消しゴム見てんだ！　こっち向け桜《さくら》！　おい！」

その時でした。

「あ、まだいたんだ」

声に振り向けば、教室の入り口にはクラスメイトの女の子が二人。ハンカチで手を拭《ふ》いている田辺《たなべ》さん、そして、遠く窓の外を見ている南《みなみ》さんなのです。

「まーな」

田辺さんへと答えた宮本は、数学の宿題に張り付いている僕へと視線を転じます。

「宿題してるの？」

「わ、え？ や、やめてよ南さん！ 机を揺らさないで！」

いつのまに接近していたのでしょう。目線をあわせるように僕の前へとしゃがんだままの南さんは、机をつかんでいた手を離し、すっと人差し指をノートの一角に持ってきて、

「ここと、ここ、間違ってる」

『ええっ!?』

僕と宮本は声をそろえます。

「あと、ここも」

「じゃあ、私たち先に行ってるからねー」

授業道具をそろえた田辺さんと南さんは教室から去って行きました。

「ばか！ 宮本のバカ！ おまえがバカなばっかりに！ 僕の宿題がマチガイだらけ！」

「うるせえ馬鹿《ばか》!! これでも前よりよくなったんだ！ 文句があるなら俺《おれ》もう行くからな！」

「お、置いてくなよ！ くわ……——あ、よし、終わったあ！ 終わり終わり！ まってよ宮本〜！」

早歩き、僕は宮本に追いつき、一緒《いっしょ》に廊下を進みます。よく考えてみれば、数学の宿題だって結果が全《すべ》てじゃないのです。努力、それこそが大事なんだと思いますよ。

「まったくなあ、俺の宿題を写すなんて桜、お前ホントに末期的だぞ？」

「そういや、社会科教室ってどこだっけ？」

「聞けよヒトの話を。……って、まて、社会科教室？　なに言ってんだ。三時間目は音楽室だぞ？」

「は……？　え、だって僕、社会の教科書とノートを持ってるよ？　ほら」

僕は手に持っていた社会科セット、資料集まで見せつけるように掲げますが、

「それはお前が間違えてんだ、ほら」

宮本《みやもと》は、薄《うす》い音楽の教科書と縦笛をコチラに見せつけます。

「じゃ、じゃあ教室に戻らなくちゃ！」

僕は急いで、駆け足の態勢になります。そして、

「………なんで俺《おれ》をじっと見てんだよ！　行ってこいよ一人で！」

「いくじなし！」

捨てぜりふを残して教室に走ります。

「うるさい！　俺は先に行ってるからな！」

背中で宮本の声を聞きながら、僕は二年A組に辿《たど》り着き、扉を〈がらり〉と開け放ちます。

「え……？」

そこにあったモノに言葉を失います。

なぜなら教室内では、パジャマを脱いで、スカートの前にくつしたをはこうと片足をイスに乗せたドクロちゃんが

★この間を、みんなで書いてみよう！★

「よかったね桜《さくら》くんっ！」

いつもよりだいぶ早すぎる帰り道、アルカディア商店街。時刻は十二時を過ぎて間もない頃《ころ》でしょうか。隣《となり》を歩く天使の少女はうきうきと両手いっぱいのマヨネーズを抱きしめています。

「よかないよこんなのは……！」

僕はため息をついて肩を落とし、うなだれます。

——あの後、僕は逃げるようにして「ああッ！ ドクロちゃんこんなにも熱が!! だから家で寝ててって言ったのに——！」叫んでから天使の少女のおでこをさわり、「今家には誰《だれ》もいないんです！　僕、送っていきますから!!」と、早退手続き。こうして家路についているのです。

若い二人はこのような手段でしか、あの場を収拾するコトができませんでした。

「ねぇねぇ桜《さくら》くんっ。おなか、すかない？」

てくてくとコチラに歩み寄る彼女は、お皿を空っぽにしてしまった子猫のように僕を見上げます。そういえば、僕らは給食を食べそこなっているのです。

「しかたないなぁ……じゃあ、補導されないように気を付けながら、どこか寄る？」

★

僕とドクロちゃんがやってきたのは家の近所にある児童公園、アバランチ公園。

ベンチの横を見れば、そこにあるのはお昼ご飯用の、二斤分の薄切《うすぎ》り食パン。

「こんなに買って……」

そして隣《となり》に座った天使は、

「ねぇもっといっぱい、いっぱいぬってよぅ～！」

僕が持つマヨネーズ塗り中パンに厳しい注文をつけてくるのです。

「だってドクロちゃん見てよ、もうマヨネーズ、一センチ近く塗ってあるんだよ？　土台のパンより厚いじゃん！　これじゃマヨネーズ食べてるんだかパンを食べてるんだかわからない！

もう充分でしょ？　我慢なさい！」

「桜くん、なんかお父さんみたい」

「いいからこれをお食べ。ほら、あーん」

　僕はむりやり、彼女の口の前にパンを持っていきます。少女は「えへぇっ」と微笑《ほほえ》み、おくちをあーんします。

　その時、

「あっ」

　予想外のマヨネーズの重みに、たわむ食パン。それは手のひらからこぼれ落ち、

〈べたぁっ〉

「ひゃん！」

　天使の少女の制服へと、マヨネーズ面を下にして付着してしまうのです！

「あぁあ……ッ、ごめんドクロちゃん！　す、すぐに――！」

「やっ、はあぅ、桜くんっ！」

「ぬぁああッ!?　ちょッ！　なにこの手のひらの感触ぅ……ッ!?　そ、そうか！　膝《ひざ》の上へ落ちるハズだったパンは、しかしドクロちゃんのふくらみに、つまり胸に引っかかって止まって、僕はそのパンをどかしてマヨネーズをぬぐったんだ!!　つ、つまり……！」

　今や胸元を押さえ、光と感情を無くした瞳《ひとみ》で僕を見上げる天使の少女。

「さわらレ……た。また、さくラくんに、ボクのムねを、つヨく――！」

「ま、待ってドクロちゃん!? 落ち着こう？ ねッ!? 話し合おう！ 対話で僕達《たち》は解《わか》り合えるハズだ！ ほら、キミの大好きなマヨネーズさんの前なんだよ!? だめだよ！ エスカリボルグで叩《たた》かれたら僕から僕ネーズが出ちゃうッ！ 断じて暴力では、バットではなにも解決できなべるぉあっ」

ぴぴるぴるぴるぴぴるぴ～♪

さあ、みんなで書いてみよう!

高橋弥七郎の場合

★1★

キャンペーンガールな
ドクロちゃん

～前略～

「ばか！　宮本《みやもと》のバカ！　おまえがバカなばっかりに！　僕の宿題がマチガイだらけ！」

「うるせえ馬鹿《ばか》!!　これでも前よりよくなったんだ！　文句があるなら俺《おれ》もう行くからな！」

「お、置いてくなよ！　くわ……――あ、よし、終わったあ！　終わり終わり！　まってよ宮本～！」

早歩き、僕は宮本に追いつき、一緒《いっしょ》に廊下を進みます。よく考えてみれば、数学の宿題だって結果が全《すべ》てじゃないのです。努力、それこそが大事なんだと思いますよ。

「まったくなぁ、俺の宿題を写すなんて桜《さくら》、お前ホントに末期的だぞ？」

「そういや、社会科教室ってどこだっけ？」

「聞けよヒトの話を。……って、まて、社会科教室？　なに言ってんだ。三時間目は音楽室だ

ぞ？」

「は……？　え、だって僕、社会の教科書とノートを持ってるよ？　ほら」

僕は手に持っていた社会科セット、資料集まで見せつけるように掲げますが、

「それはお前が間違えてんだ、ほら」

宮本は、薄《うす》い音楽の教科書と縦笛をコチラに見せつけます。

「じゃ、じゃあ教室に戻らなくちゃ！」

僕は急いで、駆け足の態勢になります。そして、

「………なんで俺をじっと見てんだよ！　行ってこいよ一人で！」

「いくじなし！」

捨てぜりふを残して教室に走ります。

「うるさい！　俺は先に行ってるからな！」

背中で宮本の声を聞きながら、僕は二年A組に辿《たど》り着き、扉を〈がらり〉と開け放ちます。

「え……？」

そこにあったモノに言葉を失います。

なぜなら教室内では、パジャマを脱いで、スカートの前にくつしたをはこうと片足をイスに乗せたドクロちゃんが↓☆☆**ここより先、おかゆさんに代わって高橋弥七郎さん、お願いします！☆☆**↓いたからだった。

（世界って、なんてキレ――）

草壁桜《くさかべさくら》が思う刹那《せつな》、チュン、と擦《こす》った床に火花を撒《ま》いて、乱杭歯《らんぐいば》のような棘《とげ》を無数に生やした鉄の棍棒《こんぼう》『撲殺《ぼくさつ》バット　エスカリボルグ』が、天使の少女によって猛然と振り上げられる。

「――イッ!!」

鉄塊が股間《こかん》から上を一直線に粉砕する過程で、心中の声が断末魔《だんまつま》として絞り出された。胴体と頭部だったものは、血肉、骨、脳漿《のうしょう》の雪崩《なだれ》と化して天井《てんじょう》に激突する。

パァン！

粘質な物体が高速で叩《たた》きつけられる音の発生と、振り抜かれるモーションの終了は、同時。

桜は、まさに已の名がままに、赤と白の花として天井に刻印されていた。その開花に取り残された両足が立てた傘のようにパタパタ倒れ、千切《ちぎ》れ飛んだ両腕がクルクル回って落ちる。

「んもー、桜くんのエッチ！」

撲殺天使・三塚井《みつかい》ドクロは、頰《ほお》を羞恥《しゅうち》と血の赤に染め、可愛《かわい》らしく「いー」とやった。そうして、

「そうそう、着替え着替え、っと――んしょ」

桜が乱入する前の続きとして靴下を穿《は》き、ブラウスとスカート、ネクタイにジャケット、最後に靴、身なりを全《すべ》て整えてから、ようやく再びの鉄塊を軽く振る。

ぴぴるぴるぴるぴぴるぴー♪


ついでに軽いステップで踊る、その動作の終点で、鋼鉄の凶器から光が溢《あふ》れた。

途端、天井の花が一点に集束、ドプン、と大きな雫《しずく》になって、倒れる両足の元へと落ちた。

さらに、それぞれ教室に転がっていた両腕、ドクロの頬や『エスカリボルグ』に付着していた血痕《けっこん》、全てが糸に引かれるかのように雫へと吸い寄せられ、結合する。

いつものように、その修復される様子を見つめる中、

「あーっ、そうだ！　今日は『元に戻しちゃダメ』ってザクロちゃんに言われてたんだっけ」

ドクロは「てへっ」と頭を叩いて、振り上げていた『エスカリボルグ』を下ろした。

目を覚ました桜はいつものように抗議しかけて、

「酷《ひど》いよドクロちゃ――ってわあっ!?　なにこれ、僕の体がドス赤い風船に!?」

修復途中で止まった、首と両手足を生やす赤い血の玉、という自分の姿を見て叫んだ。

その傍《かたわ》らにドクロはしゃがみこんで、ごく普通に首を傾《かし》げる。

「大丈夫《だいじょうぶ》、桜くん？」

「全然大丈夫じゃないよ！　赤いし丸いし起き上がれないし！　なんでこんな半端《はんぱ》な――あっ、駄目《だめ》ぇ!?『エスカリボルグ』で突かないで！　弾《はじ》けてまた大輪に咲いちゃう!!」

「だってー」

「だってじゃないでしょ！　僕もいきなり入ったのは悪かったけど、まさか学校に来てるなんて思わなかったからだし！」

「あのね、桜《さくら》くん。今日は、お願いがあるの！」

相変わらず人の話を聞かない少女である。

天真爛漫《てんしんらんまん》な笑顔に抵抗できない自分の若さを呪《のろ》いつつも、桜は答える。

「な、なんだい、ドクロちゃん？　というか、どうして『エスカリボルグ』を、振り上げてるの、かな？」

ドクロは朗《ほが》らかな笑顔のまま、言う。

「もう一回、コツンってさせて——!!」

『その時ザンス！　桜くんの教室にザンスが現れたのはぁぁぁッ!!』

しゃがれた絶叫とともに、開いていた窓からフライング・クロスチョップの体勢で何者かが飛び込んできた。

標的のないクロスチョップを床に強打した、その何者かは、

「おぎゃああっ!?　これもカミサマがルチャ・リブレに与え給《たも》うた試練ザンスかー!?」

と悶絶《もんぜつ》しながら教室内をゴロゴロと転がる。

度重《たびかさ》なるトラブルを前にした桜は、まず早々に一方を追い払おうと叫んだ。

「ザンスさん!?　ここは幼稚園じゃありませんよ!?　早く出てって！　ゲラアウッ!!」

「こ、心の友に開口一番その言葉はひどいザンス、桜くん!?」

言ってヨロヨロと立ち上がったのは、ひょろんと背の高い痩《や》せぎすの男。頭上に浮かぶ金の輪、その中をもっさり貫く長大な真ピンクのモヒカン、視線を隠す細いグラサン、鼻耳唇に銀のピアス、纏《まと》うのは赤い革のつなぎ等など、全身を怪しい特徴で固めた不審者だった。

だった、が、これでも彼はドクロと同じ、未来の世界からやってきた天使の一人である。である、が、その異様な風体《ふうてい》同様、変態の域を突破した性向も持っていた。もちろん、こんな場面には最も現れてほしくない男である。桜は真摯《しんし》に彼の消滅を願ったが、それが聞き届けられるほど少年はカミに愛されていなかった。どころか、天使たちによれば、怒りさえ買っているという。

「ミィは桜くんに会うために、わざわざ守備範囲外なこの聖ゲルニカ学園に特攻をかけたんザンスよ？　守備範囲外な！　守備範囲・GUYな!!」

「無駄《むだ》な強調されても僕にはザンスさんと会う用件なんてないよ！　それよりドクロちゃん、変な冗談はよして早く治して！　このままじゃクラスの皆に『シャ○専用ボール』とか恥ずかしいあだ名をつけられちゃう！」

「いやー」

「いやーってなに⁉　なんで露骨《ろこつ》に眉顰《まゆひそ》めてるの⁉　ここは悩む所じゃないでしょ⁉」

叫び、転がったまま暴れる桜《さくら》に、ザンスが言う。

「ところが、今日ばかりはそうでもないんザンス」

「えっ？」

桜が首だけを回して、ザンスを見た。

曇天《どんてん》の窓を背に立つひょろりとした影には、なぜかいつもの緩《ゆる》みがない。どころか逆に、圧迫感のようなものまで漂わせていた。光るピアスを並べた口が、裂けるように開く。

「急いでやって来て正解だったザンス……やっぱりミ、い、い、い、い、い、い、いが殺す前に桜くんを撲殺しておくつもりだったんザンスね……さすがザクロちゃん、手立てが迅速かつ的確ザンス」

「殺したりしないもん！　すこしコツンってするだけだもん！」

「ちょっと！　なにその恐《こわ》い会話！　二人で計三回も『殺』って漢字が出たよ⁉」

「残念ながらネタは挙がってるんザンスよ、ドクロちゃん……ルックアット！」

間に入った声を無視して、ザンスは二人に見せびらかすように腕を振り上げた。前腕から指先にかけて、コードを絡《から》めたグローブ型のマシンが装着されている。桜も見覚えのあるそれは、いつだったか、ドクロの妹・ザクロのお使いを尾行する際に使用した、天使探知機（兼盗聴器《とうちょうき》）だった。

桜は、会話の意味が分からないながらも叫ぶ。

「ああっ!?　この桃色噴水!!　またザクロちゃんのトキメキビジョンを独り占めに!?」

「桜くん、指摘する所が違うザンスよ!?」

ザンスは突っ込みつつ、まず「うー」と唸《うな》る天使の少女、

「とにかく、ザクロちゃんとドクロちゃんの企《たくら》みは、全部、ミィに筒抜けザンス。今頃《いまごろ》、ザクロちゃんの所にも、サバトちゃんが着いてるはずザンス」

そしてその足元、赤玉となって転がる少年へと、サングラスを巡らす。

「桜くん……今朝方、ルルティエから再び『草壁《くさかべ》桜の抹殺命令』が出たんザンス」

彼の背後で、稲妻が閃《ひらめ》き走った。


閃光《せんこう》の名残にゴロゴロと唸る曇天の下、学校から程近い道で、二人の天使が対峙《たいじ》していた。

すらりとした体軀《たいく》に真っ白な軍服を纏《まと》い、黒いベルトで左半面を覆《おお》った少女が言う。

「やはり、あなたにも……再び命令が下っていたのですね、サバトさん」

「はいですぅ。『ルルティエだより　号外』……ザクロちゃんにも届いているはずですぅ」

クリーム色の髪に羊の角、金色の瞳《ひとみ》の下に黒紫の隈《くま》も濃い少女が答えた。聖ゲルニカ学園の制服姿なのは、その内に潜入《せんにゅう》するためだが、単に一張羅《いっちょうら》だから、ということもある。

かつて、今と同じ命令を受け、そして失敗した『天使による神域戒厳会議《ルルティエ》』の刺客《しかく》・三《み》橋檎《はしご》

サバトは、ドクロの妹にして同僚でもある三塚井《みつかい》ザクロに訊《き》き返す。

「ザンスさんから聞いたですぅ。ザクロちゃんは……桜《さくら》くんを、守るつもりですぅ」

「どうでしょう。ただ、私の進もうとする先に、なぜかサバトさんが立っていることだけは、分かりますが」

「ザクロちゃんは、ずるいですぅ」

サバトはゆっくりと、シロナガスクジラをも一撃《いちげき》で黒コゲにする『超電磁スタンロッド　ドウリンダルテ』を取り出して、伸ばす。

その険しい表情を見たザクロも、いつしかオレンジ色のタオルを手に下げている。自在に動いて敵を縛《しば》る『殺人濡《ぬ》れタオル　エッケルザクス』である。握りを強くしつつ、彼女は問う。

妙な前置きを付けて。

「ちなみに、これは独り言ですが……なぜサバトさんは、以前のように直接、桜さん抹殺へと向かわず、私を阻止する役の方に回ったのですか？　それは、あなたが桜さんを――」

「黙《だま》るですぅ！　ルルティエの命令に忠実なはずのザクロちゃんこそ、どうしてドクロちゃんを使って命令遂行《すいこう》を邪魔《じゃま》するですぅ……ちなみに、これも独り言ですぅ」

妙な追伸を付けて、サバトはまた訊き返した。

ザクロはさらに妙な前置きを付けて、答える。

「これは独り言ですが……私の元にも、たしかに抹殺命令は届きました。しかし一方で、従来よりの『草壁桜《くさかべ》の監視』命令も未《いま》だ解除されてはおらず、有効です。どちらを優先するかは、現場で判断させてもらうことにしました」

齢《よわい》九歳にして、大人びた機知と笑顔を見せる少女に、サバトは嫉妬《しっと》と怒りを覚えた。

「やっぱり、ザクロちゃんはずるいですぅ……もちろんこれも、独り言ですぅ」

「当然これは独り言ですが……すいません」

互いに、じわじわと間合いを測って距離を詰める、その傍《かたわ》らに、黒い点がポツリとできた。

それはすぐに数を増し、雫《しずく》の風に細かく踊る、雨となった。

俄《にわ》かに降り出した雨音の中、桜の声が響《ひび》いた。

「僕の抹殺!?　でも、たしかルルティエの——え～と、なんだっけ」

かつて自分の命を狙《ねら》われた、その細かい経緯をド忘れした少年は、転がった姿勢のままで首を捻《ひね》った。

ドクロが代わって叫ぶ。

「あんな命令が出るなんてヘンだよ！『パンドラの言葉』は、アレだけマヨネーズで……」

「マヨネーズで……なに？　マヨネーズでなにをしたのさ、ドクロちゃん!?」

その問いはスルーして、ザンスが頷《うなず》く。

「確かに、その通りザンス。ルルティイエの中枢機能……カミサマの領域に触れる人間を捕捉《ほそく》し、未来の世界で起こる災厄を事前に察知するシステム『パンドラの言葉』は、高速で轢《ひ》かれたトウフのように破壊《はかい》されたザンス。おかげでルルティイエは機能停止状態に陥《おちい》ってるザンスよ」

それが、これまで桜《さくら》の命を支えてきた希望だった。しかし、

「もちろん、その『パンドラの言葉』本体の復旧はまだまだ先ザンスが、作業の中で、抹殺対象者リストの一部がサルベージされたんザンス。これを受けたルルティイエは、抹殺行動の再開を議決……そして、その一番手として挙がったのが『不老不死技術の発明者　草壁桜《くさかべさくら》』というわけザンス」

桜は、赤玉から生えた両手足をじたばたさせて抗議する。

「で、でもどうしてザンスさんが!?　以前はドクロちゃんとグルになって僕を守ってくれたじゃないですか!?」

「グルって、もう少し言葉を選んでほしいザンス……とにかく、そこはそれ、大人の事情ってやつザンス。ルルティイエのバベル議長には、『ルルネルグ』の鍵《かぎ》の件とか、ドクロちゃんに加担していた件とか、色々もみ消してもらった借りもあるんザンスよ」

「ひどい、ひどいよ！　この裏切りピンク!!　はぐれデスメタル!!」

「落ち着いて桜くん、すぐボクが黙《だま》らせてあげるから」

「ドクロちゃん——!!」

その、はっと我に返らされる優しい笑顔に納得しかけて、

「桜くんを」

「——って僕!?　やっぱり撲殺《ぼくさつ》!?　同じだよ!!」

「ふふふ、それが同じじゃないんザンス」

ザンスがゆっくりと、前に踏《ふ》み出す。

「ルルティエの刺客《しかく》による抹殺と違って、『エスカリボルグ』による撲殺は、魔法《まほう》による復活が可能……ゆえに、ミィに殺される前にドクロちゃんが桜くんを撲殺していれば、それ以上殺せない、そうして時間を稼ぎ、情勢の変化を待つ……これがザクロちゃんの作戦ザンスね？」

手の内はすっかり暴《あば》かれていた。

ドクロは決意を顔に表して言う。

「ボクは桜くんを殺さないで、未来を変えるよ……!!」

「撲殺は!?　ねえ、撲殺は違うの、ドクロちゃん!?　お願いだから目を逸《そ》らさないで、僕の顔を見て今の決め台詞《ぜりふ》を言ってよ!?」

「諦《あきら》めるザンスよ、桜くん。ここは大人しく、ミィたちの決着を待つザンス。ドクロちゃんが勝てば、ユゥは撲殺されたまま事態が好転するのを待つ……ミィが勝てば、カミサマの領域を侵した人間として抹殺される……ということザンス」

「なにその四面楚歌《しめんそか》!?　どっちの結果でも僕に待ってるのは死ですか!?　こりゃタマんないよ！

「いや、洒落《しゃれ》もいい加減追い詰められてろくなこと言えない！　助けてー!!」

転がったまま暴れる桜《さくら》に、ザンスは呆《あき》れたような溜息《ためいき》とともに言う。

「やれやれザンス。ユゥがそんな態度じゃ、ドクロちゃんも命を賭《か》けて戦う甲斐《かい》がないってものザンスよ？」

「えっ!?　それって……」

桜はようやく気付いた。ドクロがこれから行う勝負の意味に。

ザンスが自分の抹殺を行うには、自分を直接殺すか、それを阻止するドクロを倒す……ドクロが先に自分を撲殺《ぼくさつ》した場合でも、彼女に改めて自分を復活させて殺す、その命令を聞かせるほど彼女を痛めつける、あるいは最悪の場合、彼女が復活の魔法《まほう》を二度と使えなくする……

「ドクロちゃん!?」

依然起き上がることのできない桜の前に、ドクロは膝《ひざ》をついて屈《かが》んだ。今度は、しっかりと目を合わせて、誓う。

「大丈夫《だいじょうぶ》だよ、桜くん。ボクは負けないから」

「だめだよドクロちゃん！　あのモヒピン（急場につきモヒカンピンクを省略）は未来の道具の専門家だよ！　どんな破廉恥《はれんち》なモノを晒《さら》すか分かったもんじゃない！　危険だよ！　そうだ、この体を治して！　二人で戦えば未知の友情パワーが無限大に!!」

「さすがは桜くんザンス。気力の昂《たか》ぶりによって、体中の穴という穴から黄金の煙が放出されてるザンスよ」

感嘆するザンス同様、少年の必死な姿を見て、ドクロは満足げに微笑《ほほえ》む。

「じゃあ、征《い》って来るね、桜くん……」

言い置いて、彼女は立ち上がろうと腰を浮かし、

「そんなカッコイイ漢字で覚悟示さないで!?　ドクロちゃん――!!」

それを引き止めようとする桜の腕につかまれた。

「ッ――」

胸を、
鷲《わし》摑《づか》みに、
がっしりと。

「これは、この感触は、ドリ――」

「いやあああ!!」

神速、振り上げられた『エスカリボルグ』が、

「――ムボフォアッ!?」

桜の胴体、再生途中だった赤い玉の中心を、壮絶な重さでもって撃砕《げきさい》した。

「い――ややややややややややややややややや!!」

間髪入れず、さらなる必殺打が全《すべ》てを磨《す》り潰《つぶ》すように連続で振るわれ、

「――っ、いやああ――っっ!!」

　フィニッシュ、地上にその痕跡《こんせき》一つ残すまいという気迫の下、発生した衝撃波《しょうげきは》によって、まさに撲滅《ぼくめつ》、草壁桜《くさかべさくら》は教室中に赤い血煙となって散華した。

　はあはあと、荒く肩で息を吐《つ》くドクロは、薄《うす》い血化粧の施《ほどこ》された顔を笑わせ、ユラリと立ち上がった。

「大丈夫《だいじょうぶ》だよ、桜くん……ボクは、負けないから」

「ヒイィ！　さすがのミィも、今のドクロちゃんを恐れることに吝《やぶさ》かではないザンス!!」

　思わず後ずさるザンスと等距離を保つように、ドクロは前に出る。

　その背後には――まるで墓標のように――あるいは復活を誓う碑のように――血塗《ちまみ》れの撲殺バット『エスカリボルグ』が突き立てられていた。

　背負う想《おも》いを掌《てのひら》の内へと込めるように、ドクロは眼前、渾身《こんしん》の力で拳《こぶし》を握る。

「大丈夫だよ、桜くん……ボクは、負けないから」

「挑んでおいて言うのもなんザンスが……やはり、やるしかないザンスね」

　対するザンスがどこからともなく取り出したのは、キャノン砲のように大きなレンズを持つ一眼レフのカメラ。ファインダーを覗《のぞ》かず胸元に構えるのは、相手の挙動を広く目に入れることでシャッターチャンスを逃さない、彼一流の撮影術である。

　かつて、ともに『天使《ルル》による神域戒厳会議《テルイエ》』を裏切り、草壁桜を殺すのではなく守ろう（堕落させることで）と誓い合った同志であるドクロとザンス……その二人は今、互いの間に言葉どころか一片の妥協すら持たず、攻撃の機を狙《ねら》い続ける。

「……」「……」

外は、いつしか豪雨となっていた。大粒の雨が窓際《まどぎわ》で跳ね、教室に細かい水滴を撒《ま》き散らしてゆく。遠くで雷が雲の中を爆《は》ぜ、破裂の前兆のような唸《うな》りがゴロゴロと轟《とどろ》く。

「——」「——」

その緊迫《きんぱく》の中、
天井《てんじょう》に散っていた草壁桜の血痕が一滴、互いの目線の交差する場所に落ちた。

「——はあっ!!」「——うふぉうザンス!!」

互いに、雫《しずく》の陰から突進する。

ドクロが風裂く剛拳《ごうけん》で雫ごと、その向こうにいるザンスをぶち抜く——と思われた刹那《せつな》、彼女の直下から後方へと、連続したフラッシュが通り過ぎた。

振り返れば、床スレスレを滑って真下を通過したザンスが、華麗《かれい》なステップで立ち上がっていた。フラッシュは当然、手にあるカメラのもの。

「甘いザンスよ、ドクロちゃん。五枚いただきザンス。ミィが本気ならほごぁ!?」

解説しようとした横っ面《つら》を、続けて飛び込んだ剛拳の端が掠《かす》めた。

頬《ほお》の肉を削《そ》がれたザンスは、それでも反射的に打撃フォームの圏外へとジャンプしている。

もちろんフラッシュを連続で焚《た》いて追撃《ついげき》を防ぐことも忘れない。

ドクロも閃光《せんこう》の中を突撃する愚は犯さなかったため、再び互いの間に距離が開いた。

「がふぁごふぉっ!? ドクロちゃん、ミィを本気で殺《や》るつもりザンスね!?」

「大丈夫《だいじょうぶ》だよ、桜《さくら》くん……ボクは、負けないから」

「ぎゃあぁ! もう会話も通じないザンスか! ラブ&ピース!! ラブ&ピース!! 殺し合いながらもそうシャウトせずにいられないミィザンス!!」

ザンスはようやく、片手をカメラから放し、つなぎの内懐《うちふところ》に入れた。

「……こればかりは使いたくなかったザンスが……勝機を掴《つか》むためには、もはや他《ほか》に手がないようザンス」

「大丈夫だよ、桜くん」

前屈《まえかが》みの姿勢で両腕をダラリと下げるドクロが、ドシッ、と一歩を重く踏《ふ》み出した。

「ボクは、負けないから」

トランス状態で、目ばかりギラギラさせる彼女は、もはや一個の獣《けもの》。

(カミサマ、『ラーマヤーナ幼稚園』の皆、どうかミィとカメラを守ってくれザンス!)

裏切った相手と欲情の対象に祈りを込めるザンス、そのサングラスに、野獣《やじゆう》の捕食が如《ごと》き特攻をかけるドクロが映る。

(これでも——)

みるみる内に大きくなる、その獣性の驀進《ばくしん》に向けて、

（――食らうザンス!!）

ザンスはつなぎの内懐から、無数の物体をばら撒《ま》いた。

「ッ!?」

獣のドクロが、ドクロの獣が、四半秒で反応する。

宙に無数、ばら撒かれたそれらは、マヨネーズの容器。

星五つのマヨネーズが満載された、これぞザンスの切り札。

（拾い集める間に）

思うザンスの眼前で、

（次の手を打つザンス！）

極限まで感覚を研《と》ぎ澄《す》ましたドクロの連続百裂パンチが、
瞬時《しゅんじ》に全《すべ》てのマヨネーズ容器を掻《か》き集めて胸元に抱え込んでいた。

（次、の――）

（の）

その最後の一撃、十分すぎるほどの溜《た》めを経た、超重の剛拳《ごうけん》必殺ストレートが、彼を微塵《みじん》に砕かんと迫る。

（ＮＯＨＨＨＨＨＨＨＨＨＨＨ――!!）

そのとき、

ぴんぴんぽろりん♪

ぎるがぁめっしゅ♪

二つの呼び出し音が同時に鳴った。

「えっ⁉」

「はぶぉっ⁉」

驚《おど》きで止まったドクロの拳《こぶし》、その闘気《とうき》の抜けた先端にザンスはぶち当たった。必殺寸前に弱まった威力によって吹っ飛んだ彼は、机と椅子《いす》の列を凪《な》ぎ倒し、できた山の中に埋もれる。

ドクロはそっちを無視して、懐《ふところ》から未来の世界の通信端末を取り出した。

黒い円錐形《えんすいけい》のそれは、捻《ひね》ると無駄《むだ》に大仰な変形で展開し、レンズを露出《ろしゅつ》させる。

『双方それまでじゃ。全て終わったぞ』

威厳に満ちた声とともに、半透明の全身画像が宙に浮かび上がった。通常、縮小される画像は、今回に限って拡大されている。それもそのはず、通信の相手は、

「バベルちゃん⁉」

喪服のような黒い着物を着た、二十代後半ほどに見える女性——カミに代わって神域を侵す

ニンゲンを排除する任を負う機構、『天使による神域戒厳会議《ルルテイエ》』の『議長』、バベルである。

「お、遅いザンス、バベル議長……」

言って、ガラガラと机と椅子の山から、ザンスが這《は》い出した。

「危うくミィはマヨネーズ塗《まみ》れでカミサマの御許《みもと》へ旅立つ所だったザンス——ってストップストップ、ストーップザンス、ドクロちゃん!!」

再びザンスを殴殺《おうさつ》すべく、その前にユラリと立ったドクロを、バベル議長が制止する。

『ドクロや、あまり苛《いじ》めてやるでない。ザンスとて、本気で草壁桜《くさかべさくら》を殺《あや》めようとしていたわけではない、わらわの密命に従って動いていたに過ぎぬのだから』

「ミツメイ……?」

ようやくドクロは拳を緩《ゆる》めた。もう片方の腕で抱え込んでいたマヨネーズの容器がバラバラと床に、真下のザンスの頭に落ちる。

「そ、そうザンス、ミィが本当にドクロちゃんを裏切るわけないザンスよ!」

「えー」

「ああっ!?　あっさり意外そうに『えー』と!?　ＭｅはＳｈｏｃｋ!　ザンス!!」

『やれやれ……処置を急いで正解だったようだの、ザンス。策士策に溺《おぼ》れるとはこのことか』

「だって、ドクロちゃんが、マヨネーズ、マヨネーズ……ふあおおお!!」

常人には諮《はか》りがたい理由から慟哭《どうこく》するザンスを置いて、バベル議長はドクロに言う。

『まあ、今から説明してやろうほどに、まずは話を聞けやい』

そのとき、教室の戸がガラリと開いた。

「私たちにも、同席の許可を頂きたいのですが、議長」

「ザクロちゃん!? ……と、サバトちゃん?」

驚《おどろ》いたドクロが見た先に現れたのは、白い軍服も眩《まばゆ》い天使・ザクロと、彼女に背負われた黒コゲの天使・サバトだった。ザクロはいつもと同じ、全くの無傷だったが、サバトの方は見るも無惨、髪はアフロ、服は引き攣《つ》れ、全身をピクピクと痙攣《けいれん》させている。

「オウ、また手ひどくやられちゃったものザンスねえ、サバトちゃん。『エッケルザクス』を使うザクロちゃんなら、さほどの怪我《けが》もさせずに済むと思ったんザンスが」

ザクロは、床に這《は》いつくばって言うザンスを、僅《わず》か責めるように見下ろす。

「いえ、私はなにも……ただ、サバトさんは雨の中で『ドゥリンダルテ』を使われたものですから、このとおり……私は飛び上がって避《さ》けたため助かりました」

その背中で、サバトが呻《うめ》いた。

「う〜ん、シビシビですぅ〜」

普段《ふだん》から舌っ足らずな声が、よけいにフニャフニャになっている。

バベル議長は、娘の哀れな姿に溜息《ためいき》を吐《つ》いた。

『この子はザンスと違い、謀《はかりごと》に向いておらぬでの。できるだけ穏便《おんびん》に済ませたかったのじゃが』

　ザクロが再び、浮かび上がるその画像に向けて尋ねる。

「改めてお尋ねします、バベル議長。この度《たび》の急な抹殺命令の真意は、一体どこにあったのですか？」

「そうだよ、教えてバベルちゃん！　ボク、もう少しでザンスにケガさせちゃうところだったよ!?」

「ケガで済んでたとは思えないザン――痛、イタイタいザンス、ドクロちゃん、踏《ふ》み、踏みつけ、ああっ、痛い、もっとザンス――！」

『さて、どこから話せばよいかのう。まず――』

　中枢機能たるシステム『パンドラの言葉』破壊《はかい》以降も、『天使による神域戒厳会議《ルルテイエ》』では、カミの領域を侵す人間の中でも最大級の存在『不老不死技術の発明者　草壁桜《くさかべさくら》』の放置は、大きな問題として残されていた。いかに『パンドラの言葉』が破壊されたとはいえ、その存在が確認されている以上は抹殺行動を継続すべきである、と一部の急進派が主張を続けていたのである。

　バベル議長は常々、この一派への対処に苦慮《くりょ》してきた。草壁桜個人の問題ではなく、カミの名の下に無制限の制裁を行う驕《おご》りが天使たちに生まれることを、彼女は憂えていたのである。

　重要な案件であればなおさら、安易にこれを斬《き》り捨て、排除するのではなく、慎重に討議を重ねた上で対処法を決定すべきだ、と彼女は考えていた。

そんな折、『パンドラの言葉』復旧作業の中で、抹殺対象者リストがサルベージされたのである。急進派はこれを機に、抹殺の再発令を議長に迫り、議会もこれを承認した。

『――だが、な、これは順序が逆だったのじゃ、ふふ』

バベル議長の、含みを持った笑いの意味を、ザクロが看破する。

「リストのサルベージというのは、虚偽だったのですね？」

『うむ、さすがだのう、ザクロ』

「？」「？」

お互い顔を見合わせ、首を捻《ひね》るドクロとサバトに、バベル議長は笑いかけた。

『つまりじゃな、急進派の者共が己らの意見を押し通すために、リストのサルベージをでっち上げ、草壁桜《くさかべさくら》の抹殺を行おうとした、ということじゃ。聞けば、わらわの娘・サバトの失敗した案件を完遂《かんすい》することで、議長の権威失墜《しっつい》をも狙《ねら》っていたそうじゃが……わらわも舐《な》められたものよ』

言葉の切りには、笑いの質が変わっている。

急進派の議員たちは、この件を皮切りに、自分たちの強硬論を浸透させていこうと目論《もくろ》んでいた。要するに、草壁桜の抹殺自体はどうでもよく、自分たちの主張による実績を梃子《てこ》に『天使による神域戒厳会議《ルルテイエ》』の主導権を握ることこそが目的だったのである。

バベル議長はこの愚かしい謀略《ぼうりゃく》を、サルベージの虚偽ともども察知していた。していながら、しかし謀略の進むに任せ、相手の主張を呑《の》む議決と、その実行まで事態を静観していた。

これら謀略の、実行される前に暴《あば》くのと後で暴くのとでは、公的な意味合いが全く違うからだった。「カミの代理人たる『天使による神域戒厳会議《ルルテイエ》』に誤った指針を与え、実行させてしまった」……この取り返しのつかない事実を作らせてから、急進派が言い逃れや揉《も》み消し等をできなくなるほど十分に事が大きくなるまで待ってから、バベル議長は反撃《はんげき》に転じるつもりだったのである。そして、全《すべ》ては議長の思惑通りとなった。

『結果として、急進派は全員拘束、その支持者を洗い出すこともできた。もちろん、一連の処置を終えるまでの時間稼ぎとして、命令の実行を遅滞させる手立てを取っておいてこその謀《はかりごと》じゃがの』

「つまりザンスね、ミィがその栄誉ある時間稼ぎの役割を担《にな》っていたというわけザンス」

這《は》い蹲《つくば》るザンスが得意《すいこう》げに言った。

「ミィは抹殺命令を遂行する格好だけ見せて、すぐあのマヨネーズ・タイフーンに紛れて逃げ出すつもりだったんザンス。なのにドクロちゃんの頑張りすぎで酷《ひど》い目に遭《あ》ったザンスよ。とにかく、ミィに桜くんを殺す気がなかったことは分かってくれたザンスか、ドクロちゃん？」

「よく分かんないけど、ザンスが悪いってことで決まり！」

「そりゃ結論が逆ザンスよ!?」

「なんだか私だけ仲間はずれですぅ～」

母の映像に向かって嘆く背中のサバトをあやしつつ、ザクロが尋ねる。

「なぜ、ザンスさんだけに、その密命が下ったのですか？」

『急進派の非を鳴らすためには、議決された抹殺命令を、謀の一部としてではなく、本当に実行させねばならなかった。といって成功させるわけにもいかぬ。そこで、そなたらを二つに割る形で対峙《たいじ》させ、こちらが片付くまでの僅《わず》かな間を持たせることにしたのじゃ。そなたなら密命を与えずとも、全体の情勢から慎重に的確に動くと信頼《しんらい》しておった。どうじゃな？』

ザクロは少し照れを含めた笑みを見せた。

「今となっては結果論ですが……たしかに、急なサルベージの話も奇妙でしたし、そんな曖昧《あいまい》かつ薄弱《はくじゃく》な根拠でルルティィエが議決することも不審に思っていました。『草壁桜《くさかべさくら》の監視』という命令も生きたままでしたから、なにか議長にはお考えがあるのかと……」

『よしよし、満点じゃ』

満足気に頷《うなず》くバベル議長に、ドクロはその雰囲気《ふんいき》だけで理解したことを確認する。

「ねえ、桜くんはもう大丈夫《だいじょうぶ》なの、バベルちゃん？」

『そうじゃな。謀議《ぼうぎ》に関《かか》わった者には処罰が下る。それによって支持者たちも当分は鳴りを潜《ひそ》めよう。安易な殺しでカミの代理人を気取る増上慢《ぞうじょうまん》どもに釘を刺す、という狙《ねら》いは、ほぼ達成と言って良かろうな』

「ルルティィエの大掃除と桜くんの救命にミィも一役買えて何よりザンス！　ドクロちゃんに酷《ひど》

い目に遭《あ》わされた甲斐《かい》があったというものザンスよ」

『そなたは単に取り引きによる演技をしただけじゃろう』

「なんの話ですぅ？」

「さあ？」

首を傾《かし》げるサバトとザクロに、ドクロが、

「――『そこはそれ、大人の事情ってやつザンス。ルルティエのバベル議長には、「ルルネルグ」の鍵《かぎ》の件とか、ドクロちゃんに加担していた件とか、色々もみ消してもらった借りもあるんザンスよ』――」

「ああっ、一言一句間違いなく覚えて!?　声帯模写まで!?　ち、違うンザンスよ？　それはシャイなミィの照れ隠しザンス！　サ、サバトちゃん、もう立ち上がれるんザンスね？　ザクロちゃんまでそんな恐《こわ》い顔、ああ、ダメザンス、ドクロちゃんまで、そんな熱い視線で、ＡＨ!?　ミィは蕩《とろ》けそう、蕩けて焦げそう、バベル議長、ヘルプミーザンス――!!」

『自業自得《じごうじとく》であろう』

素っ気無い言葉とともに、映像が消えた。

「ＮＯＯＯＯＯ――～～～～～～ツアボッ!!」

絶叫が轟《とどろ》き渡り、すぐ途切れた。

そして、誓いを果たしたドクロの手が、『エスカリボルグ』を床から引き抜く。

ぴぴるぴるぴるぴぴるぴ～♪


音楽の時間を終えたクラスメイトらが怪しげな絶叫に驚《おどろ》き、ドアをガラリと開ける。

電撃《でんげき》で黒焦げになり濡《ぬ》れタオルに絞られ魔法《まほう》のついでに強打されたザンスが斃《たお》れる。

教室中に霧散《むさん》した粒子が結合することで再生した全裸の草壁桜《くさかべさくら》が、その上に落ちる。

全《すべ》てが、同時に起こった。

「うわあっ!? お尻《しり》の下にヌルッとした赤いものが!? よりにもよってザンスさんの半死体が僕の尻の下に!? しかも僕はラ!? 全裸!?（桜）」「……ミィの最期のシャウトは、ウーパール……ガクッ（ザンス）」「わあっ、死なないでザンスさん！ 裸なのも死ぬのも僕のせいじゃないって証明がまだですよ!? サバトちゃんもザクロちゃんもどうしてここに、というか赤くなってないで、あれからどうなったのか、僕と皆にこの状況を解説してよ!!（桜）」「お、おなか減ったから帰るですぅ～（サバト）」「送っていきましょう、サバトさん（ザクロ）」「桜……服、探してやるよ（宮本《みやもと》）」「ああっ、思い遣《や》りが痛いよ宮本!? みんなどうして半歩だけ下がって哀れむような目で見るの!? 違うよ、僕はどこにも行かない、ここにいるよ——って、この上だけは御免だ！（桜）」「桜くん……（静希《しずき》）」「静希ちゃんまで!? 待って、僕もそっちに行けるんだ！」「血塗《ちまみ》れのマヨネーズプレイって……ちょっとディープ過ぎない？（田辺《たなべ》）」「マヨネーズって、うわっ!?　どうしてザンスさんの死体の周りにマヨネーズがぶちまけられてるの!?（桜）」「桜くん、そうブヨブヨせず落ち着いてマヨネーズを集めて！（ドクロ）」「してないよ――ってブヨブヨしないってどうすればいいのさ!?　分かんない、分かんないよドクロちゃん――!!（桜）」

★n★

目で見て覚える！
ドクロちゃん英単語

☆☆ここからおかゆさん、復帰して執筆再開です！☆☆

「よかったね桜くんっ！」

いつもよりだいぶ早すぎる帰り道、アルカディア商店街。時刻は十二時を過ぎて間もない頃《ころ》でしょうか。隣《となり》を歩く天使の少女はうきうきと両手いっぱいのマヨネーズを抱きしめています。

「よかないよこんなのは……！」

僕はため息をついて肩を落とし、うなだれます。

――あの後、僕は逃げるようにして「ああッ！　ドクロちゃんこんなにも熱が!!　だから家で寝ててって言ったのにー！」叫んでから天使の少女のおでこをさわり、「今家には誰《だれ》もいないんです！　僕、送っていきますから!!」と、早退手続き。こうして家路についているのです。

若い二人はこのような手段でしか、あの場を収拾するコトができませんでした。

「ねぇねぇ桜《さくら》くんっ。おなか、すかない？」

てくてくとコチラに歩み寄る彼女は、お皿を空っぽにしてしまった子猫のように僕を見上げます。そういえば、僕らは給食を食べそこなっているのです。

「しかたないなぁ……じゃあ、補導されないように気を付けながら、どこか寄る？」

★

僕とドクロちゃんがやってきたのは家の近所にある児童公園、アバランチ公園。ベンチの横を見れば、そこにあるのはお昼ご飯用の、二斤分の薄《うす》切り食パン。

「こんなに買って……」

そして隣《となり》に座った天使は、

「ねえもっといっぱい、いっぱいぬってよう～！」

僕が持つマヨネーズ塗り中パンに厳しい注文をつけてくるのです。

「だってドクロちゃん見てよ、もうマヨネーズ、一センチ近く塗ってあるんだよ？　土台のパンより厚いじゃん！　これじゃマヨネーズ食べてるんだかパンを食べてるんだかわからない！もう充分でしょ？　我慢なさい！」

「桜くん、なんかお父さんみたい」

「いいからこれをお食べ。ほら、あーん」

僕はむりやり、彼女の口の前にパンを持っていきます。少女は「えへぇっ」と微笑《ほほえ》み、おくちをあーんします。

その時、

「あっ」

予想外のマヨネーズの重みに、たわむ食パン。それは手のひらからこぼれ落ち、

〈べたぁっ〉

「ひゃん！」

天使の少女の制服へと、マヨネーズ面を下にして付着してしまうのです！

「あぁあ……ッ、ごめんドクロちゃん！　す、すぐに——！」

「やっ、はあぅ、桜くんっ！」

「ぬぁあぁッ!?　ちょッ！　なにこの手のひらの感触ぅ……ッ!?　そ、そうか！　膝《ひざ》の上へ落

ちるハズだったパンは、しかしドクロちゃんのふくらみに、つまり胸に引っかかって止まって、僕はそのパンをどかしてマヨネーズをぬぐったんだ!! つ、つまり……!」

今や胸元を押さえ、光と感情を無くした瞳《ひとみ》で僕を見上げる天使の少女。

「さわらレ……た。また、さくラくんに、ボクのムねを、つヨく――!」

「ま、待ってドクロちゃん!? 落ち着こう? ねッ!? 話し合おう! 対話で僕達《たち》は解《わか》り合えるハズだ! ほら、キミの大好きなマヨネーズさんの前なんだよ!? だめだよ! エスカリボルグで叩《たた》かれたら僕から僕ネーズが出ちゃうッ! 断じて暴力では、バットではなにも解決できなべるぉあっ」

ぴぴるぴるぴるぴぴるぴー♪

築地俊彦の場合

★1★

キャンペーンガールな
ドクロちゃん

～前略～


「ばか！　宮本《みやもと》のバカ！　おまえがバカなばっかりに！　僕の宿題がマチガイだらけ！」

「うるせえ馬鹿《ばか》!!　これでも前よりよくなったんだ！　文句があるなら俺《おれ》もう行くからな！」

「お、置いてくなよ！　くわ……——あ、よし、終わったあ！　終わり終わり！　まってよ宮本～！」

早歩き、僕は宮本に追いつき、一緒《いっしょ》に廊下を進みます。よく考えてみれば、数学の宿題だって結果が全《すべ》てじゃないのです。努力、それこそが大事なんだと思いますよ。

「まったくなぁ、俺の宿題を写すなんて桜《さくら》、お前ホントに末期的だぞ？」

「そういや、社会科教室ってどこだっけ？」

「聞けよヒトの話を。……って、まて、社会科教室？　なに言ってんだ。三時間目は音楽室だ

ぞ?」

「は……? え、だって僕、社会の教科書とノートを持ってるよ? ほら」

僕は手に持っていた社会科セット、資料集まで見せつけるように掲げますが、

「それはお前が間違えてんだ、ほら」

宮本は、薄《うす》い音楽の教科書と縦笛をコチラに見せつけます。

「じゃ、じゃあ教室に戻らなくちゃ!」

僕は急いで、駆け足の態勢になります。そして、

「………なんで俺をじっと見てんだよ! 行ってこいよ一人で!」

「いくじなし!」

捨てぜりふを残して教室に走ります。

「うるさい! 俺は先に行ってるからな!」

背中で宮本の声を聞きながら、僕は二年A組に辿《たど》り着き、扉を〈がらり〉と開け放ちます。

「え……?」

そこにあったモノに言葉を失います。

なぜなら教室内では、パジャマを脱いで、スカートの前にくつしたをはこうと片足をイスに乗せたドクロちゃんが↓☆☆**ここより先、おかゆさんに代わって築地俊彦さん、お願いします!**

☆☆↓こっちを振り向き、ぽっと頬《ほお》を赤らめた。

「もー、やだ桜《さくら》くん。そんなにボクの裸が見たいの？　しょうがないなあ、それじゃ少しだけだよ。あ、その前に、熱くなった半田《はんだ》ごてで目をつつくおまじないをしてあげるね」

（超常現象だ！）

桜は思った。「家にいたいから、いる」という開き直った引きこもりのような理由で学校を休んだはずのドクロちゃんが、空だったはずの教室で下着姿を披露《ひろう》しているのである。瞬間《しゅんかん》移動でもしないかぎり、出現するはずはなかった。

（まあでも、天使だし……）

首を振って、直前までの思考を追い出す。こんなことはしょっちゅうあった。ドクロちゃんが現われてからというもの、私生活は国連平和維持軍が必要なほどすさんでいる。常識的な考えは、一切捨てるべきであった。

桜は灼熱《しゃくねつ》した半田ごてを片手にじりじりと接近してくるドクロちゃんを無視し、自分の席に向かった。

鞄《かばん》の中から、音楽の教科書と縦笛を取り出す。ふと、見ると、奥には雑誌が入っていた。月刊（ピー）マガジンであった。昨日、静希《しずき》が貸してくれたのである。連載されている「人身事故天使サレコウベちゃん」が好きで買っているとのこと。（ピー）はドラゴンではない。ちなみに桜は、電撃《でんげき》h（ピー）を交換で静希に貸していた。こっちの（ピー）もドラゴンではない。

何の気なしにめくると、占いが載っていた。自分の運勢をチェックする。

『みんなはいつも通りですが、お前は不幸』

なんだこれは。

「桜くん！」

「うわっ!?」

ドクロちゃんが眼球めがけて突き出した半田ごては、盾代わりにした月刊（ピー）マガジンによって防がれた。サレコウベちゃんと友達のアポカリプスちゃんのイラストに黒い穴が空く。

「なななにをするんだよドクロちゃん！」

「だって、桜くんったら、ちっとも返事してくれないんだもん」

「だからって、本気で半田ごてで目を潰《つぶ》そうとするの!?　ほら、サレコウベちゃんとアポカリプスちゃんがフランス革命で極刑に処された人みたいに！」

「あ、なんの本？」

桜の抗議を水のせせらぎのように聞き流すと、ドクロちゃんは月刊（ピー）マガジンを奪い取った。

「強引だなあ。静希ちゃんが貸してくれたの」

「……ふーん」

やや冷たい顔になると、ドクロちゃんはページをめくった。

「ボクの運勢は……っと」

誕生日あるのか、と桜《さくら》は思ったが、口には出さなかった。

「あはははっ、なにこれー」

いきなり笑い出すドクロちゃん。

「ねぇねぇ桜くん。ボクの運勢は、『肝心なことを忘れる』だってー」

「いつもいろいろ忘れるじゃない。パンツはくのを忘れて指摘した僕を血まみれにするとか、教科書を忘れて取ってこいと僕に命じて拒否したら血まみれにするとか、なにか忘れたかもしれないから思い出すために僕を血まみれにするとか」

「やだなあ桜くんは。まるでボクがどうでもいいような気まぐれで、桜くんを殺してるみたい」

「みたいじゃないよ。このあいだも『ゴマあんパンのゴマが床に落ちた。死ね桜』って言ってたじゃないか」

「ひっどーい。ボクを悪人にするなんて」

ドクロちゃんは腕を振り、空中からトゲつきバットのエスカリボルグを取り出す。

「桜くんの、馬鹿《ばか》ー！」

「うわわっ」

桜は寸前で身をかがめ、トゲをかわした。かなり素早い動きだが、殴《なぐ》られ慣れるとこれくらいはできるようになる。

「あれー？」

ドクロちゃんが変な声をあげた。恐らく甘く握っていたのだろう。エスカリボルグは彼女の手からすっぽ抜け、教室の入り口へと一直線に飛んでいった。

間の悪いことに、その時入ってこようとしたのは、いつまでたってもやってこない桜を呼びに来た宮本《みやもと》であった。

「おーい、さく……」

ぐしゃ。

宮本はエスカリボルグの先端を顔面にめり込ませ、声も発せないまま崩れ落ちた。

「うわーっ、宮本！　ドクロちゃん、早く早く、宮本を助けてあげて」

「わかってるよもー」

彼女はいつもの呪文《じゅもん》を唱えようとする。

「ぴぴるぴる……」

台詞《せりふ》が止まった。

ドクロちゃんは首をかしげ、もう一度最初からやり直した。

「ぴぴる……あれ？」

しばらく愛らしい顔を曇《くも》らせると、ちろっと舌を出す。

「忘れちゃった」

「うーそー!!」

桜《さくら》は絶叫した。

ドクロちゃんの特技は、細腕で鉄製凶器を振り回すことよりも、「全《すべ》てをなかったことにする」ことにある。あの奇天烈《きてれつ》な呪文《じゅもん》があるからこそ、安心して撲殺《ぼくさつ》に励むことができるのだ。ところが肝心なそれを、忘れたときた。

「どどどうするのさ、このままじゃ宮本《みやもと》が……ああっ、もう冷たくなってる。腐臭がする！」

「気にしない気にしない」

「なんだその駄目《だめ》な一休さんは！　早く死体を処理しないと……って、それじゃ僕が犯人みたいじゃないか。黒幕は十二歳の極道天使だってのに……ん?」

桜は顔を上げた。そこには、戸惑った表情の静希《しずき》がいた。

「えと……あの……桜くん。授業始まってるから……宮本くんは……?」

「し、静希ちゃん。これはね、宮本が」

馬鹿《ばか》天使の起こした事件の犠牲《ぎせい》になって、と言おうとしたら、目の前が暗くなった。

続いて柔らかい身体《からだ》がのしかかってくる。

静希が宮本の血で足を滑らせたのだ。支えることもできず、直接桜に覆《おお》いかぶさった。擬音《ぎおん》にすると、むぎゅ、である。

「ごっ、ごめんなさい桜くん」

顔を真っ赤にする静希。

「いや、別に……」

「わざとじゃないから。気にしないでね、本当に気にしないでね」

もちろん気にすることにした。憧《あこが》れの女子生徒の身体が、ふにふにでむにむにのむぎゅむぎゅである。自分の下では宮本の死体がうつろな目でにらんでいるが、今はこいつに用はない。

「ごめんなさい、本当にごめんなさい」

「それよりも静希ちゃん、怪我《けが》はない」

裏返る声をなんとか抑えて、冷静で親切な男を装う。

「大丈夫《だいじょうぶ》。それよりあの、そろそろ離して……」

もうしばらくこのままでと考えた瞬間《しゅんかん》。

背後から、殺気がとんでもない勢いで膨《ふく》れあがるのを感じた。

「桜くん……」

低い声でつぶやくドクロちゃん。

「ずいぶん静希ちゃんと、楽しそうだね……」

いつもとは明らかに違う反応に、桜は狼狽《ろうばい》した。どういう理由かドクロちゃんは腹を立てており、何故《なぜ》か髪の色はピンクへと変化しつつあった。

「楽しいって……危なかったから助けてあげただけじゃないか。そんなのいつもあること……

いつもじゃないか。でも普通で……」

「馬鹿《ばか》ー!!」

エスカリボルグが振り回され、眼前の机と椅子《いす》を粉々にした。

ドクロちゃんの破壊《はかい》活動は机と椅子だけではなく、教卓や黒板まで及んだ。頭を低くし、かろうじて難を逃れる桜《さくら》。

「ドクロちゃん、なにすんだ！」

「桜くんが、静希《しずき》ちゃんといちゃいちゃした」

「だから、下心はあったけど人助け……」

「死んじゃえー!!」

エスカリボルグの風圧で、桜は飛ばされた。ごろごろ廊下まで転がる。それを茫然《ぼうぜん》と見つめる静希。

「……これ……一体なにが……」

「逃げるんだ静希ちゃん！」

桜は身体《からだ》を起こして叫ぶと、静希の手を引っ張った。その姿を見てヒートアップさせるドクロちゃん。

「桜くん！　なんで手なんか繋《つな》いでんの！」

さらに勢いよく、エスカリボルグを振り回す。

桜と静希は走った。この恐怖から逃れるには、遠くに行くしかないと本能が告げていた。

背後からは「なに仲良しそうに、うがー！」と声がする。

静希が息を切らしながら訊《き》く。

「ねえ桜くん……ドクロちゃん、なんで怒ってるの……？」

「分かんない。いきなり騒《さわ》ぎ出したから」

「もしかして、やきもち……？」

そういえばドクロちゃんの声も、愛らしい千葉《ちば》紗子《さえこ》からドスの利《き》いた生天目《なばため》仁美《ひとみ》に変わった気がする。

普段《ふだん》なら逃げる必要はない。しかし、今のドクロちゃんは呪文《じゅもん》を忘れている。殴《なぐ》り殺されたらその時点でゲームオーバーであった。

廊下を走り、階段を駆け、適当な教室に飛び込んだ。

教師と生徒たちが不審そうにこっちを向く。

「……なんだね、君たちは」

実直そうな教師が黒縁眼鏡をずり上げた。

「今は授業中だ。遊ぶのは休み時間に」

「しーっ、静かに！」

桜は唇に人差し指を当てる。すると。

轟音《ごうおん》がして、廊下側の壁に大穴が空いた。衝撃《しょうげき》で数名の生徒たちが吹き飛ばされる。

「桜《さくら》くん！」

うめく生徒たちを踏《ふ》みつけ、入ってきたのはドクロちゃんであった。

「なんでそんなに静希《しずき》ちゃんといちゃいちゃいちゃいちゃいちゃ！」

「いちゃいちゃしてないし、今までそんなこと気にしなかったのに……」

怯《おび》える桜。そこに教師が、青い顔をしながらも進み出た。

「なんだね君は、ここは学校……」

「黙《だま》れ！」

エスカリボルグがうなり、教師の身体《からだ》を真っ二つにした。

「桜くん……分かってるね……」

「いや、ちっとも分からない……」

ドクロちゃんの耳が、ぴくりと動いた。

彼女の「制裁！」と桜の「逃げろ！」はほぼ同時だった。桜と静希は横に跳び、目標を失ったエスカリボルグは罪のない生徒たちを血まみれにする。

転がりながら教室を脱出する桜と静希。

「静希ちゃん、走るんだ！」

「どこに行くの!?」

「どこでもいい！」

これが相思相愛の末の逃避行《とうひこう》だったら、桜は困難の中にも希望を見いだし、前向きになれただろう。そして「ドラマみたい……」と独りごち、素早く自伝とドラマ化と映画化した際の収入を計算したに違いない。だが実際は、怒り狂った撲殺《ぼくさつ》天使に追われているのだ。背後の教室からはいくつもの悲鳴が交錯《こうさく》している。エスカリボルグの犠牲《ぎせい》となっているのだ。桜は耳を塞《ふさ》ぎ、振り返らずに疾走した。とにかく校内を滅茶苦茶《めちゃくちゃ》に走る。

「待って、桜くん」

「こっちへ！」

一階まで降り、リノリウムの床を転がるように駆けていく。後方からは戦車のごとき突進音。悲鳴もした。

廊下の向こうに、樫《かし》の木でできた、ひときわ立派な扉が見えた。校長室である。校長室の扉は開いていた。「いつでも誰《だれ》でも相談に来られるように」という配慮《はいりょ》である。ロさがのないものはゴキブリホイホイと呼んでいたが、今の二人には好都合だ。

手足をばたつかせて逃げ込む。

中では校長が、書類に目を通していた。

「なんです、君たちは――」

「ちょっと失礼します！」

隅に置いてある『ハルマゲドン大会優勝　ゲルニカ学園』と書かれた優勝旗の裏に隠れる。

校長はかなり呆《あき》れていた。色々説教をしてくるが、二人はとにかく聞こえないふりをした。

「怖いね、桜《さくら》くん……」

無論校長ではなく、ドクロちゃんのことである。

「うん……」

「みんな、大丈夫《だいじょうぶ》なのかしら」

「分からない……」

すでに宮本《みやもと》は肉塊と化した。他《ほか》のクラスメートたちもどうなるか想像もつかない。無事を祈るくらいしかできなかった。

静希《しずき》が寄り添ってくる。

桜は身体《からだ》をもぞもぞさせたが、静希はいっそう近づいた。

「ごめんね。わたし、桜くんしか頼《たよ》れないから……」

潤《うる》んだ瞳《ひとみ》で見上げてきた。

こんな状況にも拘《かか》わらず、桜の心が沸き立つ。嬉《うれ》し恥ずかしのシチュエーション。脳裏には、無事に生還し、世間から奇跡の脱出と呼ばれ、「お似合いのカップル」「いつまでも幸せに」と讃《たた》えられる姿が浮かんだ。

だがそんな妄想は、猛烈な破《は》壊音《かいおん》でかき消された。

樫《かし》の扉が吹き飛ぶ。白煙の向こうからドクロちゃんが現われた。

彼女は校長をちらりと眺めると、軽く右腕を振る。それだけで、校長の頭部は胴体とおさらばした。

「ああっ、校長先生！」

「ボクの前に立ち塞《ふさ》がるものには、死、あるのみ……」

嫉妬《しっと》の炎を瞳に宿すドクロちゃん。彼女は旗の陰に隠れている二人をあっさり発見し、ゆっくり近づいてきた。

「怖い……」

静希が桜にぴったりくっついた。完全に自分を頼っている。心臓が高鳴るが、眼前の鬼神には火に油、点火プラグにジェット燃料だった。

「またそんなことを！」

エスカリボルグを振り上げる。

瞬時《しゅんじ》に桜は決断した。

「静希ちゃん、窓！」

彼は顔の前で腕を交差させ、床を蹴《け》った。

甲高い音がして、窓は割れた。空中で半回転し、真下の花壇《かだん》に着地。腕に細かいガラスが刺さったが、構っていられない。

一瞬《いっしゅん》置いて、静希《しずき》も落ちてきた。

「逃げるよ！」

うながして立ち上がる。静希の腕を取り、また駆けた。

桜《さくら》は裏門から市内に逃走するつもりであった。とにかく遠くに行かなくてはならない。二人の体力とドクロちゃんの体力、どちらが先に尽きるのか不明だが、限界まで逃げる必要があった。

校庭を抜ける。どこかのクラスがマラソンをやっていた。

数十名の生徒が校庭を大きく使い、「あー、だりぃ」という顔をしながら走っている。二人は彼らをカムフラージュにして横断しようとした。

桜が「すみません、ごめんなさい！」と言いながら通り抜ける。男子生徒たちは文句を言いながらも避《さ》けてくれた。

「桜くん、ドクロちゃんは!?」

「まいて……ない！」

後ろから、ドクロちゃんがエスカリボルグを風車のように回転させながら突進してきた。男子生徒たちは「ふぐっ！」「へごっ！」などと、マンガの悪役みたいな悲鳴をあげ、血の花を咲かせていく。

「桜くん、逃げちゃやだ！」

声とは裏腹に、眼球が血走っていた。それが桜と静希の恐怖心を、いっそう高まらせた。

ドクロちゃんがジャンプした。

「危ない！」

桜が静希の手を強く引く。ドクロちゃんのつま先が道路工事用のアンカー並の堅さとなり、校庭を貫く。地面に派手な亀裂《きれつ》が入った。

「……なにそれ！」

静希を助けるという行為が嫉妬心《しっとしん》を刺激したのだろう。ドクロちゃんはエスカリボルグを両手で掴《つか》み、反時計回りに回転を始めた。

「さーくーらーくーん！」

野獣《やじゅう》のような咆吼《ほうこう》をあげ、ハンマー投げの選手のごとく回転する。そしてそのまま、高速で突っ込んできた。

「跳ぶんだ静希ちゃん！」

二人は間一髪でエスカリボルグの先端から逃れた。ダイヤモンドカッター並の硬度を持ったトゲトゲバットは、恐怖で硬直している生徒たちを片端から肉塊に変えていく。

回転したドクロちゃんは直進し、裏門に激突した。鉄製の門があっさりひしゃげる。

「桜くん、あっちはもう……」

「校舎に戻ろう」

方針を変え、二人は校舎へと向かった。

まだ授業は続いている時間であったが、ざわめきが大きくなっていた。なにしろ校庭に派手な血しぶきが上がり、惨殺《ざんさつ》死体が量産されているのだ。パニックになっていないのが不思議だが、現実離れした事態に、理解が追いついていないのかもしれない。

目の前に「職員室」のプレートがあった。扉は閉まっていたが、開ける。

二人は勢いよく滑り込んだ。ゲルニカ学園のベテラン教師たちが、椅子《いす》に座って深刻な顔をしている。どうやら、学校中の人間が片端から撲殺《ぼくさつ》されるという未曾有《みぞう》の事態に、対策会議でも開いていたらしい。

桜《さくら》は教師たちに構わず、静希《しずき》の手を引いて一番奥に逃げ込む。古ぼけた机の裏に身を潜《ひそ》める。

「先生たちは早く脱出してください！」

桜は机の下から怒鳴った。

「このままだと危険です！　早く！」

だが教師たちからは「なにを言ってるんだ」「君たちこそ逃げなさい」などと言っている。

事件の中心に桜たちがいることを、理解していないのだ。

「本当に危ないんです。ドクロちゃんは僕たちを探してますから、注意すれば逃げられるはずです。急いで！」

静希も一緒《いっしょ》になって、「先生お願いです、信じてください！」と叫んだ。

彼女の言葉は桜よりも説得力があったらしい。教師たちはそれなりに急ぎながら、避難《ひなん》を始めようとしていた。

だがそれは、ほんの少し遅かった。

「ぐおぼっ！」

「ぎゃあああっ！」

職員室の各所から悲鳴があがった。

乱入したドクロちゃんが、「なんか色々できちゃうバット。あとは忘れた」と歌いながら、教師を殴《なぐ》っているのだ。しかも頭を潰《つぶ》したあと、胴体心臓部に穴を開けるという念の入れようである。

悲鳴は長い間続いたが、不意に収まった。

桜は恐る恐る頭を出し、声にならない絶叫をあげる。

そこはまさに戦場だった。職員室のあちこちには手足のちぎれた死体が転がり、壁や天井《てんじょう》は血と臓物でまみれている。どの教師も「元。ただし人」と注釈をつけないと認識されそうにない。まるで戦争映画のグロいシーンを濃縮して出現させたような有様であった。

「なに、どうなってるの？」

「ただただ駄目《だめ》だよ静希ちゃん、見ちゃ駄目だ！」

年中ぶち殺されている自分と違って免疫のない静希《しずき》を、必死に止める。

「ああ……そこなんだ」

ドクロちゃんが顔を向けた。

「馬鹿《ばか》だね桜《さくら》くん。静希ちゃんを気にしなければ、少しだけ長生きできたかもしれないのに」

「もっと長生きしたい……」

「そうはいかないよ」

エスカリボルグを、プロ野球選手のようにスイングさせる。

音と衝撃《しょうげき》が同時に来た。隠れていた机が粉みじんとなり、二人の姿をあらわにさせた。恐ろしさに静希が桜の服を摑《つか》む。

「ふーん、桜くんと静希ちゃんは仲がいいんだね。でも、それもここまで」

ドクロちゃんは再び凶器を振りかぶる。

桜は目をつぶり、とにかく逃げようとジャンプ。

頰《ほお》をエスカリボルグのトゲと、風圧がなでた。すれすれで攻撃を避《さ》けることに成功。着地でバランスを崩したが、強引に走り始めた。

「逃がさない！」

ドクロちゃんの声がしたが、止まるわけにはいかない。残る力を振り絞って、駆けた。

それからどれくらい、桜は走ったであろうか。

教室、屋上、部室の中。ほとんど全《すべ》てに身を潜《ひそ》め、ドクロちゃんに発見された。そしてその都度、ギリギリだが生き延びてきた。

もしかすると桜は、運のいい人間なのかもしれない。ドクロちゃんの進路上にいた人間は、ことごとくエスカリボルグの餌食《えじき》となっているのだ。あまり気休めにならないが、ドラゴンではない月刊（ピー）マガジンの占いは、そこだけ外れたようだった。

彼はくたくたになり、数少なくなった無傷の扉を開けた。

調理実習室であった。生徒たちは避難《ひなん》したのか、誰《だれ》もいない。直前までの授業を物語るかのように、材料や道具だけが放置されていた。

なんとなく、それらのひとつを手に取る。

（マヨネーズ……）

スーパーによくある、裸の赤ん坊が目をぎょろつかせているマークがない。これを授業で作っていたのだろう。

（そういえば、僕も作ったことあるな……）

ぼんやり眺めていて、ふと思いついた。きしみを上げる肉体をなだめつつ、手作りマヨネーズを集めた。それらを床に、隙間《すきま》なく塗っていく。

（マヨネーズの神様、粗末にしてごめんなさい。生き延びられたらマヨネーズを供養《くよう》します。

神社を建てます。マヨ神様として敬います。そんな神様いないと思うけど）

実習室にあった分を使い切った。自分は中央に陣取り、あえて姿をさらす。

やがて。

もはや悪魔《あくま》と区別がつかない天使がやってきた。

ドクロちゃんの顔は赤くメイクされており、制服からは血が滴《したた》っている。トゲトゲバットのあちこちには肉片がこびりついていて、左手は重そうなものを引きずっていた。

実習室に入り、首を左右に動かす。桜《さくら》を見つけ、感心したように言った。

「へぇ。桜くん、覚悟を決めた？」

「……ドクロちゃん、そこまでして僕のことを……殺す気？」

「うん」

にたりとする。天使とは思えない笑みであった。

桜はあまりの恐怖に、ドクロちゃんから視線をはずせなくなった。彼女はそれを承知で少しずつ、着実に接近してくる。

「桜くんは死ぬべきだから」

「ど、どうして……ここで僕が……やっぱり未来で……」

「もう未来は関係ないよ。別のこと」

「せめて静希《しずき》ちゃんは……静希ちゃんだけは生かしてあげてくれ！」

ドクロちゃんの口の端が、くいっと歪《ゆが》む。

「静希ちゃんがどうしたって？」

「……あっ⁉」

　桜は気づいた。かたわらに静希の姿がない。恐怖と疲労で失念していたが、いつの間にかはぐれていたのだ。

　ドクロちゃんはけたたましく笑い、左手で引きずっていたものを放り投げた。

「静希ちゃん⁉」

　正確には「静希だったもの」であった。頭部がえぐれ胴は折れ曲がり、あちこちから骨がはみ出した物体。美しい少女のなれの果てだった。

「ひ、ひどい……なんてことを」

「すぐ同じ目にあわせてあげるから」

　ドクロちゃんは当然のように言った。

「そういえば、さっき教えなかったね。なんで桜くんが死ななきゃならないかって」

　天使の目が紅《あか》く輝く。

「静希ちゃんと仲がいいからだよ」

　エスカリボルグが振り上げられる。桜は覚悟を決める。

　だが、そこで。

ドクロちゃんが足を滑らせた。

床に塗られたマヨネーズが油と同じ役割をしたのだ。エスカリボルグのモーションの分、足にかなりの力が込められていたため、滑る動きも大きい。

彼女は空中で派手に縦回転した。そして後頭部を下にして、床に落下する。

頭を打ち付ける音は鈍かった。桜《さくら》が我に返ったとき、ドクロちゃんの身体《からだ》は微動だにしていなかった。

桜の全身から力が抜けた。

勝った、と彼は思った。撲殺《ぼくさつ》天使は恐るべき相手だったが、とにかくドクロちゃんに勝ったのだ。

静希《しずき》とのほんのわずかなふれあい。それに激しく嫉妬《しっと》したドクロちゃん。犠牲《ぎせい》となった宮本《みやもと》他《ほか》学校関係者一同。恐るべきは女の嫉妬。

だがそれでも桜は勝ったのだ。いつの間に勝負になったんだという気がしないでもないが、この場に立っているのは自分だった。

彼の胸中を、奇妙な満足感が満たした。

「ドクロちゃん……」

彼はゆっくりと近づいた。

口に耳を寄せる。わずかに息をしていた。

「ん……ん……」

ドクロちゃんのまぶたが、少しだけ開かれる。

「あれ……桜くん……」

彼女の瞳《ひとみ》からは、殺意が消えていた。

「どうしたの……？」

「もしかして……覚えてないの？」

「少しだけ覚えているけれど……」

身体を起こした。

「校舎内でマラソン大会があったんだよね。校長室や職員室も会場になって楽しかった。みんな真っ赤になって応援してくれて」

ゆっくりと、輪っかのついた頭をなでる。

「少しどころか全然違うよ。赤くなったの応援じゃなくて血だから。みんなトゲトゲバットで死んだから。ジェノサイドだったから」

「血……」

ドクロちゃんはエスカリボルグを眺め、静希の死体に目をやった。

「静希ちゃんが死んでる」

「ドクロちゃんが殺したんだってば」

「ボクが？　じゃあ治さないと」

治せないじゃないか、と言おうとする直前、ドクロちゃんはいつもの台詞《せりふ》を口にした。

静希《しずき》の身体《からだ》がふわりと浮かび、二本の足で着地をする。

彼女はしばらくぼんやりしたあと、きょろきょろ見回した。

「桜《さくら》くん……ドクロちゃん？」

「静希ちゃんが……。ドクロちゃん、呪文《じゅもん》を思い出したんだね！」

「うん！」

力強くうなずく撲殺《ぼくさつ》天使。

「他《ほか》にも生き返らせる人がいるんだよね。まかせといて！」

彼女はエスカリボルグを、今度は殴《なぐ》るのではなく回転させた。


ぴぴるぴるぴるぴぴるぴー♪

★n★

目で見て覚える！
ドクロちゃん英単語

☆☆ここからおかゆさん、復帰して執筆再開です！☆☆

「よかったね桜くんっ！」

いつもよりだいぶ早すぎる帰り道、アルカディア商店街。時刻は十二時を過ぎて間もない頃《ころ》でしょうか。隣《となり》を歩く天使の少女はうきうきと両手いっぱいのマヨネーズを抱きしめています。

「よかないよこんなのは……！」

僕はため息をついて肩を落とし、うなだれます。

——あの後、僕は逃げるようにして「ああッ！　ドクロちゃんこんなにも熱が!!　だから家で寝ててって言ったのにー！」叫んでから天使の少女のおでこをさわり、「今家には誰《だれ》もいないんです！　僕、送っていきますから!!」と、早退手続き。こうして家路についているのです。

若い二人はこのような手段でしか、あの場を収拾するコトができませんでした。

「ねぇねぇ桜《さくら》くんっ。おなか、すかない？」

てくてくとコチラに歩み寄る彼女は、お皿を空っぽにしてしまった子猫のように僕を見上げます。そういえば、僕らは給食を食べそこなっているのです。

「しかたないなぁ……じゃあ、補導されないように気を付けながら、どこか寄る？」

★

僕とドクロちゃんがやってきたのは家の近所にある児童公園、アバランチ公園。

ベンチの横を見れば、そこにあるのはお昼ご飯用の、二斤分の薄切《うすぎ》り食パン。

「こんなに買って……」

そして隣《となり》に座った天使は、

「ねえもっといっぱい、いっぱいぬってよぅ～！」

僕が持つマヨネーズ塗り中パンに厳しい注文をつけてくるのです。

「だってドクロちゃん見てよ、もうマヨネーズ、一センチ近く塗ってあるんだよ？　土台のパンより厚いじゃん！　これじゃマヨネーズ食べてるんだかパンを食べてるんだかわからない！

もう充分でしょ？　我慢なさい！」

「桜くん、なんかお父さんみたい」

「いいからこれをお食べ。ほら、あーん」

僕はむりやり、彼女の口の前にパンを持っていきます。少女は「えへぇっ」と微笑《ほほえ》み、おくちをあーんします。

その時、

「あっ」

予想外のマヨネーズの重みに、たわむ食パン。それは手のひらからこぼれ落ち、

〈べたぁっ〉

「ひゃん！」

天使の少女の制服へと、マヨネーズ面を下にして付着してしまうのです！

「あぁあ……ッ、ごめんドクロちゃん！　す、すぐに——！」

「やっ、はあぅ、桜くんっ！」

「ぬぁああァッ!?　ちょッ！　なにこの手のひらの感触ぅ……ッ!?　そ、そうか！　膝《ひざ》の上へ落ちるハズだったパンは、しかしドクロちゃんのふくらみに、つまり胸に引っかかって止まって、僕はそのパンをどかしてマヨネーズをぬぐったんだ!!　つ、つまり……！」

今や胸元を押さえ、光と感情を無くした瞳《ひとみ》で僕を見上げる天使の少女。

「さわらレ……た。また、さくラくんに、ボクのムねを、つヨく——！」

「ま、待ってドクロちゃん!? 落ち着こう? ねッ!? 話し合おう! 対話で僕達《たち》は解《わか》り合えるハズだ! ほら、キミの大好きなマヨネーズさんの前なんだよ!? だめだよ! エスカリボルグで叩《たた》かれたら僕から僕ネーズが出ちゃうッ! 断じて暴力では、バットではなにも解決できなべるぉあっ」

ぴぴるぴるぴるぴぴるぴ～♪

鎌池和馬の場合

★1★

キャンペーンガールな
ドクロちゃん

～前略～

「ばか！　宮本《みやもと》のバカ！　おまえがバカなばっかりに！　僕の宿題がマチガイだらけ！」

「うるせえ馬鹿《ばか》!!　これでも前よりよくなったんだ！　文句があるなら俺《おれ》もう行くからな！」

「お、置いてくなよ！　くわ……――あ、よし、終わったあ！　終わり終わり！　まってよ宮本～！」

　早歩き、僕は宮本に追いつき、一緒《いっしょ》に廊下を進みます。よく考えてみれば、数学の宿題だって結果が全《すべ》てじゃないのです。努力、それこそが大事なんだと思いますよ。

「まったくなぁ、俺の宿題を写すなんて桜《さくら》、お前ホントに末期的だぞ？」

「そういや、社会科教室ってどこだっけ？」

「聞けよヒトの話を。……って、まて、社会科教室？　なに言ってんだ。三時間目は音楽室だ

ぞ？」

「は……？　え、だって僕、社会の教科書とノートを持ってるよ？　ほら」

僕は手に持っていた社会科セット、資料集まで見せつけるように掲げますが、

「それはお前が間違えてんだ、ほら」

宮本は、薄《うす》い音楽の教科書と縦笛をコチラに見せつけます。

「じゃ、じゃあ教室に戻らなくちゃ！」

僕は急いで、駆け足の態勢になります。そして、

「……なんで俺をじっと見てんだよ！　行ってこいよ一人で！」

「いくじなし！」

捨てぜりふを残して教室に走ります。

「うるさい！　俺は先に行ってるからな！」

背中で宮本の声を聞きながら、僕は二年A組に辿《たど》り着き、扉を〈がらり〉と開け放ちます。

「え……？」

そこにあったモノに言葉を失います。

なぜなら教室内では、パジャマを脱いで、スカートの前にくつしたをはこうと片足をイスに乗せたドクロちゃんが↓☆☆**ここより先、おかゆさんに代わって鎌池和馬さん、お願いします！**
☆☆↓妹天使ザクロちゃんに思い切り張り倒されていたからでした！

「って、ええ!? あなたはこの場において比較的良識派というかどちらかというと騒《さわ》ぎを収束させていくべき存在のはずでは――――ッ!?」

僕の叫びなんぞ純白軍服眼帯天使には届いていません。常において春の女神のような微笑を絶やさないはずのザクロちゃんは、何故《なぜ》か今日に限って顔を真っ青にして、

「おねえさま！ あなたはなんという、なんという恐ろしい事を！ それ以上先へ進んでは皆が不幸になると何故分からなかったのですか!?」

思い切りどつかれたドクロちゃんに向かって、やたらシリアスに叫んでいます。それを傍目《はため》に見ている僕としては、

（いや、確かにスカートの前にくつしたから、というのはとてもアレだけど！ その先進んだら電撃的《でんげきてき》にどうなっちゃうのって思うけど！ でも、だからって何もここまで熱くなる事は――――って、あれ？）

心の中で怒濤《どとう》の独り言スペシャルを放っていた途中で、ふと気づきました。

ドクロちゃんの机の上には、お着替えのためのパジャマや聖ゲルニカ学園の制服の他《ほか》に、何やら一冊の本があるのです。中途半端《ちゅうとはんぱ》にページの開かれたその本は、何やら表紙が硬くて、分厚くて、子供向けに装丁を整えられた昆虫図鑑《ずかん》っぽい感じがして――――何より、その本にはどこか見覚えがあるような気がしてなりません。

僕はちょっと首をひねり、

「ああっ！　これ、『にほん妖怪大全』じゃないか！」

思わず叫んでしまうのです。

そう、この本はザクロちゃんが図書館から借りてきた一冊で、その名の通り、児童向けに書かれた妖怪の解説書のようなものです。ドクロちゃんはこれをめくりながら着替えをしていたのでしょうか？　ちょうど、今開かれているページには、

『おおうず妖怪・サザエ鬼
海に住む妖怪。特に冬に多く現れ、嵐《あらし》の晩に浜辺を歩いている人を襲《おそ》うという。大きさはちょっとした民家と同じほどもあり、その巨大な貝の中を覗《のぞ》き込んだ者は必ず不幸になるとも』

とか書かれているのです。

僕はホッと息を吐いて、

「もう、二人が本気でケンカしてると思ってびっくりしちゃったじゃないか。なに、先へ進むと皆が不幸になるっていうのも、このページをめくるとって意味だったの？」

何の気なしに近づいて、試しにぺらっと次のページを見てみました。

「ああっ！　桜《さくら》さん!!」

ザクロちゃんの絶望に満ち満ちた声。そんなに恐ろしいものでも載っているのかな、と僕が

改めて『にほん妖怪大全』へ目を通すと、

『裂け目妖怪・われめ姫
岩や壁にすむといわれる妖怪。すがたは美しい少女だが、隙間《すきま》からこちらをじっと見て、時折くすくすと笑う。ある時、壁の割れ目に指を差し込んだヒトをぐいぐいとひっぱりこみ、しまいにはそのヒトの命を奪ってしまったという』

紹介文と共に載っているイラストは、壁の亀裂《きれつ》からにょきっと上半身を現した、小さな着物の女の子です。

「うーん。別にこんなのが怖いとは思えないんだけどなぁ――って寒ぅ!?」

僕がビクッと肩を震《ふる》わせたのは、教室の温度がいきなり氷水のように冷え込んだからでした。なんだなんだと周囲を見回すと、顔を真っ青にしたザクロちゃんとドクロちゃんの体から猛烈な冷気が漂ってきます!

「そ、そうだった！　確かドクロちゃん達《たち》は『われめ姫』の話題になると途端に怖がりになるって話があったはず！　だ、大丈夫《だいじょうぶ》だよドクロちゃんにザクロちゃん！　こんなのどうせ迷信に決まってるじゃないか。だからちょっと落ち着い――」

僕がそう言いかけた時。

ポン、と。

不意に、後ろから誰《だれ》かに左肩を叩《たた》かれました。華奢《きゃしゃ》で細くて頼《たよ》りない、いかにも女の子女の子した叩き方です。こんな時に誰だよもう！　と正直思ったのですが、こういう時に限って乱暴に振り払うと実は幼なじみの静希《しずき》ちゃんだったとかいうドトウの展開だったりするのです。だから僕は邪険にせず、後ろを振り返ると、

すぐ後ろの机にある、ほんのわずかなひび割れの中から、、、、、、、、、、、、、、、、、、、、、、、ぞるぞる、と。細い手が。

ぎゃあああああッ‼　何ですかこの傍点ルビつき説明文は⁉　実情を詳しく説明すると、まず僕の後ろにはどこの教室にもあるような、普通の机があります。その机の木の板に、ほんのわずかな亀裂が走っているのですが、そこから何やらほっそりとした白い人間の手が伸びているのです！

当然ながら、机の下には椅子《いす》を収めるための空白部分があり、机の下に潜《もぐ》っている人が、机の板を貫通して僕をからかっているなどという可能性は皆無！

漠然と板から生えた手は、まるで溶けたプラスチックを引き伸ばしたように不自然に長く伸び、僕の左肩をひっしと摑《つか》んでいるのです‼

「ちょ、何なのこれーっ!?」

叫ぶが事態は変わらず、僕の肩を摑《つか》んでいる細い手は、力を込めて僕の体をぐいぐいと手前に引っ張り始めました。え、なに？　もしかして割れ目の中に引っ張り込もうとしてる？　駄《だ》目《め》ですだってそれ引っ張り込まれたら命を奪われてしまうとか書いてあったし!!

「ま、待って！　僕は君の割れ目に指なんて差し込んでないってば！　ああ、シリアスな場面なのになんかこの表現は卑猥《ひわい》でヤダーっ!!」

叫んでいる間にも、僕の肩には万力《まんりき》のような力が加わり、ずる、ずる、と少しずつ机の亀裂《きれつ》に吸い寄せられていきます。僕の体勢も徐々に机に押し付けられるようなものに変わっていき、自然と机の板に耳を近づけるような格好になってしまい、、、、、くす。くすくす。

なんか机の中から笑い声聞こえる!?　怖い怖いよドクロちゃんやザクロちゃんがビビりまくっていた理由も良く分かります――って、あれ？　ドクロちゃんに、ザクロちゃん？

「そ、そうだ！　こういう時こそ天使の少女にヘルプをプリーズ!!　ほら、いつもの殺人鉄バット・エスカリボルグで思いっきりやっちゃってーっ!!」

僕は叫びますが、われめ姫が作り出した凄《すさ》まじきホラー表現にドクロちゃんは顔を青くしてガクガク震《ふる》えるばかり。それでも、僕の体が本格的にわれめ姫の裂け目の中へ取り込まれつつあるのを理解したドクロちゃんは、

「う、うん！　分かったよ。ボク、桜《さくら》くんのために頑張ってみる！」

「ありがとうドクロちゃ――――って違う!!　エスカリボルグは僕じゃなくてわれめ姫に振るうんだってば!!」

　僕の声にハッとしたドクロちゃんはトゲつき鋼鉄バット・エスカリボルグを構え直し、僕と机の間を接続している細い手に向け、横薙《よこな》ぎに思い切り振るいました！　ギュゴオ!!　というとんでもない音と共に放たれる鋼鉄の塊は、核シェルターにだって風穴を空けちゃいそう！　いっつもあんなので体中を殴《なぐ》られていると考えるとちょっとゾッとしますが、とにかく今はこのわれめ姫をどうにかできればそれでよし!!

　と、思っていたのですが――
　ゴ、キ、ィ、ン!!　という甲高い音が、し、た、だ、け、で。
　い、い、い、い、い、い、い、い、い、い。

　われめ姫の細い手には、傷一つつきませんでした。

　おのれまた不可解な傍点ルビつき説明文ですか!!　しかも弾《はじ》かれたエスカリボルグの軌道が急変化、何やら僕がいる方向に向かって思い切りごぶちゃあ!!

「きゃあ！　桜くんがぁ!!」

　ドクロちゃんの叫び声。無理もありません、僕の体は肉も骨も内臓も筋肉も神経も皮膚《ひふ》も毛髪も区別のつかない、何だか良く分からないお肉のシャワーと化して飛び散ってしまったのですから。でもそれでわれめ姫から逃れられたから結果オーライですか？　と僕がドクロちゃんに尋ねようとした所でさらに彼女の一言、

「ボク、まだ着替え覗《のぞ》かれた分の撲殺《ぼくさつ》やってないのに!!」

……、ええと。

何だか今日の草壁桜《くさかべさくら》は、肉体再生直後にもう一回肉塊へと変貌《へんぼう》するらしいですよ？

ぴぴるぴるぴるぴぴるぴ～♪×2

わずかな間に二回も撲殺された僕は、ドクロちゃんとザクロちゃんに引きずられるように教室から脱出！　普段《ふだん》はあんまり人の来ない校舎の裏手で秘密会議です!!

「わ、われめ姫って、ほんとうにいたんだ……」

僕は今も肩に残る万力《まんりき》のような感触にゾッとしながら、こわごわと呟《つぶや》きました。

「桜さんも、ようやくわれめ姫の恐ろしさに気づかれたのですね」

言ったのは、顔を青くしているナイスバディな妹天使、ザクロちゃんです。

「で、でもわれめ姫って何なの？　そりゃ、目の前に天使がいるんだから世の中には不思議な事があってもおかしくはないと思うけど、でも……」

僕は、目の前で起きた不条理すぎる現象を前に、思わず説明を求めていました。目の前の少女達《たち》だって『天使』であり、まともな存在ではありません。そんな彼女達が『あれは天使の世界では大した事ないから任せておけ』と言ってくれればホッとできる……そう思い込みたかったのかもしれません。

ですが、ザクロちゃんは申し訳なさそうに目を伏せると、

「わたくしにも何が何やら……。だからこそ、未来にある『ルルティィエ管理下アレクサンドリア忌避《きひ》図書館』よりお借りした『にほん妖怪大全』に用があったのですが……」

「あれ……まともな本じゃなかったんだ」

僕は啞然《あぜん》とした調子で呟きました。

「でも、となると、『にほん妖怪大全』を詳しく調べれば、われめ姫の対処法も分かるっていう事なの？」

「おそらくは……ただ何しろ、あの本は教室に置いてきてしまったので……」

ザクロちゃんの声に、僕はあっと声を上げました。いくら弱点や対処法が調べられるかもしれないとはいえ、あんなのに教室を占拠されっ放しなんてまっぴらですよ!?　大体、音楽の教材やら道具やらを取るためには結局戻らなくちゃいけませんし！

「問題はどうやって教室へ戻り、かつ安全に『にほん妖怪大全』を回収するのか、という所なのです。そもそも、あのわれめ姫を相手に『安全に回収』できるのならば、焦《あせ》って対処法を探

すまでもないのですが……」

「われめ姫の弱点を知るためには最も危険な場所へ行かなくちゃ駄目《だめ》で、最も危険な場所から遠ざかるほどヒントも離れていく……。なんていうジレンマなんだ!!」

しんと静まり返る校舎裏。

その沈黙《ちんもく》に耐えられなくなったように、ザクロちゃんは、

「そうでした。おねえさまは？　おねえさまなら、こういう時にはどうなさいます？」

彼女の声に僕も思わずドクロちゃんの方を見ました。いつもはどんな時でも晴れやかに、それこそ晴れやか過ぎるほどの笑顔で様々なトラブルを引き起こしては力技で強引に解決していくお気楽天使ドクロちゃんは、

い、い、い、い、い、い、い、

どこにもいませんでした。

ただ、視線を向けた先にあるのはぽっかりとした奇妙な空白のみ。彼女が持っていたはずの鋼鉄バット・エスカリボルグが湿った土の上にゴロンと転がっていました。そして、その鋼鉄バットのすぐ近くにあった、校舎の壁には——地震《じしん》の時にでもついたのか、うっすらとした亀裂が。

「ひっ!?　ザクロちゃん、これってまさ、か——」

慌てて叫ぼうとした声は、呆然《ぼうぜん》と共に呑《の》み込まれました。

ザクロちゃんも、いません。そこには湿った土の上を走っている、ほんの小さな亀裂《きれつ》がある

だけ。亀裂の中から外へ、ちょっぴりはみ出ているオレンジ色の布は、なんでしょうか……？

まさか、彼女の魔法《まほう》アイテム、殺人濡《ぬ》れタオル・エッケルザクス……？

「わ、わわわ‼」

わ、割れ目の中に、引きずり込まれ、た？

僕はゾッとして、周囲を見回します。ば、馬鹿《ばか》を言っちゃいけません。あの破壊的《はかいてき》な天使の

少女二人でも敵《かな》わないストロング妖怪なんぞに、普通の一般的中学生、草壁桜《くさかべさくら》がどうにかでき

るはずがないじゃないですか！

（僕みたいな普通の人間じゃ駄目だ！　助けを求めるならやっぱり天使！　となると……そう

だ、この街にはまだサバトちゃんがいる‼）

僕の脳裏には、ふわふわした金髪に羊のように丸まった角を生やした、何だかいつも不幸に

見えて仕方がない天使の少女の顔が浮かびます。見た目は極めて頼《たよ》りないですが、彼女も立派

な『天使による神域戒厳会議《ルルテイエ》』の戦闘《せんとう》メンバー！　殺人スタンロッド・ドゥリンダルテを振り

回す彼女の戦闘力はきっと相当のはず‼

と、思っていたのですが。

「は、はあうう〜〜〜ッ！　さ、桜くぅん‼」

何やら甘ったるい悲鳴が聞こえたと思ってそちらへ目を向けると、件《くだん》のサバトちゃんがこちらへ走ってきた所でした。

「サバトちゃん！　来てくれたん——」

僕の歓喜の叫びは、最後まで放たれませんでした。

空が、ごうっと、音を立てました。何やら黒くてもやもやしたものが空一面を覆《おお》ったと思ったら、それは何万羽というカラスの群れでした。奴《やつ》らは空中で狙《ねら》いを定めると、一気にサバトちゃん目がけて急降下してきます。

その名は、『闇黒の双翼《ダークネスフエザー》・カァカァラス』。

「ぎゃあ！　や、やめ、て……さくら、く——」

彼女の声は、途中で途切れ。

大量のカラス達《たち》はその小さな足の爪《つめ》をサバトちゃんの服のあちこちに引っ掛けると、そのまま大空へと再び飛翔《ひしょう》。まるでクレーンゲームのように天使の少女を軽々と連れ去ってしまいました。ただスタンロッドだけがポツンと地面に残されているのが、逆に薄《うす》ら寒いものを感じさせます。

天使の少女は助けに来てくれたのではなく、
必死に助けを求めていたのだと、僕が気づいた時には全部終わっていたのです。

「は」

笑って、しまいます。

力ない笑みに載せられた感情が何なのか、僕自身にも分からずに。

「は、はは。はははははは」

ドクロちゃんも消えた。ザクロちゃんも消えた。サバトちゃんも消えた。

そして危機は大好評続行中。この状況で、ただの中学生でしかない僕に一体何をどうしろというのでしょうか。迫る者に対する緊張《きんちょう》のあまり、僕は心臓に強烈な圧迫を感じてしまいます。

い、い、い、い、い。

ひた、ひた、ひたり、と。

僕の背後、耳元から、湿ったような、足音のような、奇妙な物音が聞こえました。しかし、僕はもう動けません。自分の中で、最強と思っていた天使の少女達の存在が、こうもあっさりと砕かれてしまった今……どう動いて良いのか、それすらも分からなくなっていたからです。

そうして。

身動きの取れない僕が、これで人生終わっちゃうのかなぁなどと静かに考えていた、
い、い、い、い、
まさにその時、

「その時ザンス。最後の天使が地中から勢い良く飛び出してきたのはーっ!!」

叫び声と共に、いきなり僕の足元の地面が吹き飛びました。もうもうと立ち込める土煙の中

から現れたのは、サングラスに革のジャケット、真ピンクモヒカンの変態天使ザンス!? っていうか、今、モヒカンを回転させて地面を掘ってませんでしたか!?

ザンスはちょっと泥だらけな顔で僕を見ると、

「もう大丈夫《だいじょうぶ》ザンスよ桜《さくら》くん。迷える子羊に手を差し伸べるのが天使本来の役割ザンスからね」

「ざ、ザンスさん！ でも、どうして僕がピンチだって分かったんですか。まさか知られざる天使パワーが今まさに爆発して――――ッ!!」

僕は恐怖から解放された安堵《あんど》感《かん》からちょっと涙腺《るいせん》が緩《ゆる》みかけます。そんな僕を見て、ザンスはサングラスの奥で優しげに目を細めると、

「なあに、簡単な事ザンスよ。こうしてミィが桜くんの制服の裏地に『とくしゅなメカ』を縫《ぬ》い付けておいただけなんザンスかァバエぅうアあああッ!! み、ミィのモヒカンを片結びしようとしちゃ駄目《だめ》ザンスよォおお!!」

僕は一瞬《いっしゅん》でも感動の涙を流しそうになった事に自己嫌悪《けんお》しつつ心機一転。

改めてザンスに問いかけてみます。

「そ、そうだザンスさん！ 今ここにわれめ姫がきて……って、あれ？ われめ姫は一体どこに!? さっきまで超間近に迫っていたはずなのに!!」

「様子見……といったところかもしれないザンスね。明らかにわれめ姫に恐怖していたドクロちゃんやザクロちゃんに比べれば、ミィはまだマシな方ザンスから」

「じゃ、じゃあ、もしかしてザンスさんなら、われめ姫をやっつけてドクロちゃん達《たち》を助けられるんですか⁉　そして僕は安全に音楽セットを取りに行けるって事ですか⁉」

「そこまで都合良く話は進んでくれないザンスよ。ミイの力にも限界があるザンスから。それについてこれから説明したいと思うザンスが——チッ」

ザンスは舌打ちして、頭上を見上げました。

その視線の先にある大空には、ぎゃあぎゃあと騒《さわ》がしい鳴き声をあげる黒い塊が……。

「闇黒の双翼《ダークネスフェザー》・カァカァラス！」

僕が叫んだ瞬間、カラスの大群が勢い良く急降下してきました！　ゾッとする僕の手をザンスは摑《つか》むと、校舎の窓ガラスをガラガラと開け、

「早く入るザンス‼」

僕が校舎の中に入り、ザンスがその後に続き、窓ガラスを勢い良く閉めた直後、
バアン‼　と。

校舎の窓ガラス一面が、真っ黒に染まりました。

（怖アあい‼　い、一体何がどうなってんのーっ⁉）

何万ものカラス達が敵意剝《む》き出しでガラスにぶつかる光景は、それだけで一種の恐怖心をこちらの胸へ叩《たた》き込んできます。ガキガキと鳴る音は、窓ガラスを引っ搔《か》く爪《つめ》やくちばしの音……でしょうか？

「外へ出るのは自殺行為ザンスね。窓が破られるのも時間の問題……。いいザンスか桜《さくら》くん。今からミィがユウに説明するザンス。今起きている現象と、それに対抗するためのたった一つの策を」

ザンスの声には、ある種の覚悟がこもっていました。

まるで、これに失敗すればもう次はないと告げているように。

「桜くん。この世には『殊更《ことさら》の者』という超常現象を引き起こすものがあるザンス。例えば、未来からやってきたミィやドクロちゃんのような『天使』が分かりやすいと思うザンスが、実は『殊更の者』とは、何も未来にしかいないのではないザンスよ」

「え、あ、そうか。確か、桜の精霊《せいれい》・ハルちゃんや木工ボンドの精霊・モコっていうのもいたはず……」

「そう。現代にもそうした『殊更の者』はいるザンス。そして、ザクロちゃんが調査していた『裂け目妖怪・われめ姫』や、日頃《ひごろ》からサバトちゃんを襲《おそ》っていた『漆黒の双翼《ダークネスフェザー》・カァカァラス』も、そうした現代にいる『殊更の者』の一つザンス」

ザンスの言いたい事は何となく分かります。

ようは、われめ姫の正体とはドクロちゃんやザンスのような、『人間とは違うもの』なのでしょう。それは分かるのですが……。

「でも、何でわれめ姫やカァカァラスがいきなり僕達《たち》に襲いかかってくるんですか!? まぁ、カァカァラスがサバトちゃんをつついてるのはいつもの事のような気もしますけど」

「一口に妖怪と言っても分類は色々あるザンスが……われめ姫には特に哀《かな》しい過去があるザンス。ああ、あんな複雑で不条理で何を選んでどう進んだ所で悲惨な末路しか待っていないあまりにも馬鹿馬鹿《ばかばか》しくてもう思わず涙を流して笑うぐらいしかできない状況に追い込まれれば誰《だれ》だって……ミィは実を言うとわれめ姫とは戦いたくないぐらいザンスよ!!」

サングラスの下の方から涙の帯を流し始めるザンス。……っていうか、こら。まさかここじゃ知っているのに明かさないつもりですか？　ナニもったいぶって無駄《むだ》な伏線張りまくってんだよアンタ！　ＲＰＧの超重要キャラ（結構美形）登場シーンですかここは!!

僕は思わずザンスに詰め寄りましたが、これ以上の情報が出てくる様子はなし。仕方がないので他《ほか》の事を聞くしかありません。

「じゃ、じゃあカァカァラスは何で？」

「あれはサバトちゃんの頭の角がふらふら動くのに反応してるだけザンス」

「いきなり随分と陳腐になっちゃったなオイ!!　でも待って、何でわれめ姫やカァカァラスはあんなに強いんですか!?　確か奴《やつ》らは天使と同じようなものなんでしょう？　ドクロちゃんやザクロちゃん達と同類っていうなら、引き分けになるのが筋ってモンだと思うんですけど。それが、ああも簡単にやられてしまうなんて……」

「そこザンス」

ザンスはそう言いました。

カラスの大群に押されてミシミシとガラスが歪《ゆが》んだ音を立てます。

「ルルティエ名門、あの『ジャスティリア家』の血を引く二人の令嬢《れいじょう》が、あんなにあっさり倒されてしまうような事は、普通ならまず起きないザンス。サバトちゃんにしても、あのルルティエ議長バベルちゃんの実娘。単純な戦闘力《せんとうりょく》なら天使の中でも屈指と呼ばれるほどザンスよ」

「なら、どうして!?」

「簡単ザンス。われめ姫やカァカアラスは、この現代に根を張る正式な『安定した者』。それに対して未来からやってきたミィ達《たち》は、所詮《しょせん》『不安定な者』の域を出ないザンス」

ザンスは何か良く分からない事を言ってきます。

「ミィ達は、本来この現代にいてはいけない存在ザンス。そこの事情をタイムマシンで無理に曲げて、こっそりと潜《もぐ》り込んでいるザンスよ。だからこそ、本来、未来で持っていた力を一〇〇%完璧《かんぺき》に振り回す事はできないザンス」

「でも、われめ姫やカァカアラスはその辺の心配をしなくて良いから、常に全力で戦えるっていう事なんですか?」

「そうザンス。この現代世界では、たとえあのバベルちゃんでもわれめ姫には敵《かな》わないザンス。逆に、われめ姫やカァカアラスを未来世界へ誘《さそ》い込む事ができればミィ達でも倒せるザンスが……それでは、完璧な解決とは呼べないザンス」

「そう、襲《おそ》われたドクロちゃんやザクロちゃん、サバトちゃんの事ザンス」

ザンスはサングラスをキラリと輝かせ、

「未来の世界でわれめ姫やカァカァラスを倒しても、現代の裂け目に囚《とら》われたドクロちゃん達は戻ってこないザンス。彼女達を助けるには、この現代でわれめ姫を倒す事によって、その裂け目を開放しなければ駄目《だめ》ザンスよ」

でも、じゃあどうすれば良いのでしょう？　この現代という時代において、われめ姫やカァカァラスといった妖怪は最強の力を有しているのです。本物の天使ですらどうにもならないのに、そんなのに対処できる者などいるのでしょうか？

と、僕が焦《あせ》っていると、ザンスがじっとこちらを見ているのに気づきました。

「な、何ですかザンスさん」

「……ユウはまだ気づかないザンスか。ユウこそが、われめ姫やカァカァラスを倒し、ドクロちゃん達を助ける最後の鍵《かぎ》であるというのに」

「ばっ！　そんなシリアスな声で何言ってんですかザンスさん！　僕はただの中学生ですよ。エスカリボルグでもどうにもならない相手に一体何ができるって……ッ!?」

「ユゥが普通の人間のはずないザンス!!」

「貴様に言われる筋合いはないィッ!!」

「それって……、まさか」

「痛たたたたッ!? 何でミィのわし鼻を摑《つか》んで電子レンジのタイマーみたいに勢い良くひねるザンスか!! そ、そんなにひねったらグラタンだって温められちゃうザンス!!」

暴れるザンスを見て、僕はようやく正気に戻って手を離します。

「いいザンスか！ 桜《さくら》くんもわれめ姫やカァカアラスと同様、この現代において絶大な力を誇る『殊更《ことさら》の者』の一つなんザンス！」

「もはや人間扱いされてませんか僕!?」

「茶化《ちゃか》さないで欲しいザンス。桜くんは、不老不死の薬を開発して世界中の女性を永遠の十二歳に変えてしまう、歴史的人物ザンス」

「そんな事言われても……。なんかルルティエでもそんな風に言われているらしいですけど、僕はそんなの作る気はありませんよ」

「今はルルティエとしてユゥを責めているのではないザンス。……たとえロリコン薬という結果が馬鹿馬鹿《ばかばか》しくても、桜くんは確かに全世界規模で歴史を歪《ゆが》めるほどの『力』を行使した、とも受け取れるザンス。あのルルティエが何故《なぜ》あれほどユゥを危険視して、天使の刺客《しかく》を次々と放ったと思っているザンスか。ユゥに絶大な力があるからに決まっているザンス」

隠された才能を見つけてもらった瞬間《しゅんかん》……なのですが、なんか嬉《うれ》しくないのは何故でしょう？

つまり僕の扱いって歴史的ロリコンってだけなんじゃあ……？

「でも、その不老不死の薬とやらは『未来』で作られたものなんでしょう？ じゃあ、僕の力とやらもやっぱり『未来』にあるもので、この『現代』ではドクロちゃんと同じくゲスト扱いに過ぎないんじゃや……」

「違うザンス。ユゥはこの現代でも立派におかしな現象を起こしているじゃないかザンス！」

「僕が一体何をした⁉」

「興奮《こうふん》すると耳の穴から丸い粒々が出てきたり、背中から黄金色の泡がぶくぶく出てきたりするのはまともな人間に実行可能な事ザンスか⁉」

いっ⁉　と僕は思わずひるみました。

そこへザンスは畳み掛けるように、

「桜くんの周辺で起きるおかしな現象の大半は天使の手によって引き起こされるものザンス。動物に姿を変えたクラスメイトなどは典型的な例ザンスね。しかし、桜くんの興奮に伴う諸現象に関してのみは、天使は完全にノータッチザンス！　っつか何なんだよユゥはどういう理屈で動いてんだ気持ち悪《わ》りぃなミィに近寄んな‼」

僕は失礼な変態天使をグーで啓蒙《けいもう》・再教育すると、自分の体のあちこちを眺めて、

「……僕の体にそんな秘密が……」

「あ、あとユゥは何故かミィに対してのみ極めて強力な腕力を発揮するみたいザンス……」

男の泣き言など落ちてる空き缶ほどの価値もないと思っているので話をさっさと先へ進めちゃいますね？

「で、ザンスさん。僕の体にヘンテコな仕掛けがあったとして、具体的に何をどうすればわれめ姫やカァカアラスを撃退《げきたい》できるんですか!?」

「よくぞ聞いてくれたザンス桜《さくら》くん！　それはザンスね――」

と、ザンスが言いかけた、まさにその時。

が、っ、し、ぃ、い!!

と、細ぃ細ぃ、人間にしては不自然なまでに細ぃ手が、ザンスの真ピンクのモヒカンを背後から無造作に握り潰《つぶ》しました。

「ひっ!?　み、ミィのモヒカ」

ザンスが言い終わる前に。

彼のモヒカンを掴《つか》んだ手は、い、い、い、しゅるしゅると収縮。まるで釣り糸を巻き取るような動きで、ザンスの頭を掴んだまま、一気に壁の細い亀裂《きれつ》へまっしぐら!!

ごつっ、という音がしました。

細い手が壁の内部まで入り込み、掴まれていたザンスの頭が壁に引っかかったのです。

「ザンスさん！」

僕は慌てて手を差し伸べようとしました。だって、今ならまだ間に合います。壁の亀裂が極めて細く、当然ながらザンスの体など通りません。ならば、彼の頭が引っかかっている隙《すき》にザンスの体を思い切り引き寄せれば、裂け目の中へ取り込まれずに済むと、そう思っていましたから。

しかし。

「いっ!?」

ずるずるずるずるぅー、、、、、、、、という泥を吸い込むような音と共に、ザンスの頭が薄《うす》く薄く引き延ばされ、強引に裂け目の中へと入り込みました。それはまるで、水面に絵の具で描いたザンスの顔が、その水ごと小さな穴の中へ吸われるように。彼の体はあまりにも抵抗なく滑《なめ》らかに裂け目へ飲み干されていきます！

「ぎっ、ぎィあああッ!?　み、ミイを、さくら、くン、ミィをだずっけ、おおぶろべろぶおおおおおおッ!!」

ひっ、ひぃいいい!?　僕はドクロちゃんやザクロちゃんが引きずり込まれていく場面を直接見てませんが、まさかこんなホラーな方法で囚《とら》われていたのですか!?

「っていうかザンスさん待って！　この状況を唯一打破できるはずの僕は一体何をどうすれば良いんですか!?　う、うわああ！　ヒント直前でご退場っていかにもホラーっぽい末路ですよアナタ!!」

叫んだ所でもはや返事もありません。

ザンスは足首まで完全に壁の中へと呑《の》み込まれ、今ではそこに一人の変態天使が存在した事を示す証拠はゼロ！　もはやこの場に残っているのは僕しかいません。壁、床、扉、天井《てんじょう》、窓枠など、あらゆる隙間《すきま》、亀裂《きれつ》、裂け目の中からじっとりとした殺意の視線を感じてならないし、かと言ってこの校舎から出ようとすれば大量のカァカァアラスの群れが！　一体どこへ逃げれば良いというのですか⁉

と。

ひた。

真後ろから聞こえる音に、僕の背筋がピンと凍りつきました。嫌な汗が全身から噴き出します。怖くて後ろを振り返れないのに、眼球だけはギョロギョロと動いて、視界をやや横寄りにしてしまいます。

ひた、ひた。

水に濡《ぬ》れたような、湿った音でした。ずぶ濡れの靴を履《は》いているというより、足の裏に人間の舌がくっついているかのような、あまりにも奇怪な音響《おんきょう》が、耳元まで迫ります。

耳元……耳元って、すぐ後ろ⁉

ビキィン‼　と痛みが走るほどに背中を硬直させる僕の後ろで、その足音はピタリと止まりました。しかし、そこで静寂がやってきた訳ではありません。

代わりに聞こえてくるのは、

ぶちゅ、ぺちゃ……。

舐《な》めてる!? なんか水っぽいものをネバネバした舌で舐めてるっぽい音です！ っつか何だよこの状況！ 目隠しして『箱の中に入ってるものなーんだ?』的クイズですか!? それなら僕じゃなくてもいいじゃん！ グラビア系の回答者じゃないと反応見てもつまんないじゃないですか!!

と、僕が理不尽な状況に憤《いきどお》っていると（目を逸《そ》らしているとも言います）、不意に全《すべ》ての物音がピタリと止まりました。

しん……と建物内から音が消えました。

窓越しのカァカアラスの鳴き声だけが、雑音となって届きます。

「え、なに？ なに!?」

不気味な音がなくなったらなくなったで、不安は増します。僕は身動きが取れないまま、しばらくじっとしていましたが、

（……、本当に、何も聞こえない……？ いなく、なった？）

僕はさらに警戒し、耳をそばだてますが、やはり何も聞こえず。足音や何かを舐める音は聞こえず、カアカアラスの余計な音だけがあるばかり。

どういう訳かは知りませんが……見逃してもらった、という事でしょうか？

僕は、ギチギチと不自然に固くなった首の筋肉を使って、後ろを振り返ってみます。

そこには、

ぶちゃり、という水っぽい音を立てる、

ボロボロの和服をまとった女が、

「おわアアアアあああああああああああああああ!?」

わ、われ、われめ姫エエえええええええええええええ!!

僕は愕然《がくぜん》としました。っていうか、ねぇ何で今黙《だま》ったの？ なんか黙らなきゃいけない理由とかあったんですかわれめ姫!? コイツ、僕がビクってなるの見て楽しんでるんじゃあ……ッ!!

悔しい。悔しいけどやっぱり怖アあああッ!!

「あ、あわ。あわわわわわ……」

われめ姫の見た目の歳《とし》は僕と同じぐらいの、和服を着た小柄な少女です。髪もいかにも日本人的な黒色で、江戸時代の人みたいに結ってあります。が、その肌は腐ったような紫とか白とか茶色とかが混ざったような何かに変わり果て、結ってある髪も所々が雑草のように飛び出し、元は煌《きら》びやかだったろう和服もぐしょぐしょの汁で黒っぽく変色していて柄や模様も分からない状態です！ 総じて言えば腐乱死体！ 『にほん妖怪大全』の説明にある『見た目は美しい少女だが』の部分に草壁桜《くさかべさくら》は学術的訂正を求めます！ くそお、心の中じゃ桜の精霊《せいれい》・ハルちゃんみたいに可愛《かわい》らしいのかなとか期待してたのにッ!!

われめ姫は、ザンスが呑《の》み込まれたのとは、また別の壁の亀裂《きれつ》から出てきたようでした。足首の部分だけがチーズのごとく異様に伸びて、亀裂と彼女の体を接続しているのです! あれ、足がないのに足音が聞こえていたのは何故《なぜ》⁉ 謎《なぞ》は深まるばかりです!!

「い、ひっ」

僕の喉《のど》が引きつりましたが、できるのはそれだけ。まるで金縛《かなしば》りにでもあったように、僕の体は言う事を聞いてくれません。

そんな僕の顔へ、われめ姫はゆっくりと両手を向けてきます。その、皮膚《ひふ》が溶けて爪《つめ》の位置が微妙にずれた手を見るだけで吐き気に襲《おそ》われるのですが、もはや僕にはどうする事もできず、

「危ない、桜くん!!」

直後、やたらくりくりとした激甘ボイスが僕の脳天を貫きました。

そして僕の腋《わき》の下を通り、背後から前方へと勢い良く突き出される謎の桃色光線! 勢い良く放たれた不思議ビーム兵器は、ぐっちゃぐちゃのわれめ姫の顔面に直撃《ちょくげき》! 彼女の体を遥《はる》か廊下の奥へ奥へと薙《な》ぎ倒したのです!!

明らかにフツーの現象とは異なる、いかにもアホ天使っぽい攻撃。

ですが、

（一体、誰《だれ》が……？）

僕は硬直したまま、思わず考えてしまいます。ドクロちゃんやザクロちゃんなどが最有力候補ですが、彼女達《たち》はわれめ姫に囚《とら》われて裂け目の中のはず。同様にサバトちゃんもカアカアラスの襲撃《しゆうげき》に遭《あ》いましたし、ザンスに至ってはわれめ姫にやられた挙げ句にあんなくりくりボイスを放つなど絶対に不可能。

（となると、バベル、ちゃん？　いや、でもバベルちゃんはあんな激甘な声はしていないはずだし、僕の事を『桜《さくら》くん』とも呼ばないはず。ええい、一体誰なんだーっ!?）

と、僕はようやく金縛《かなしば》りから解き放たれた体を使って、勢い良く背後を振り返ります。

そこにいたのは、聖ゲルニカ学園のワインレッドのブレザーを着込み、二つ縛りの髪型である、清楚で優しそうな雰囲気《ふんいき》を持つ女の子、
静希《しずき》、ちゃん、でし、た？

「えっ？　ええええええええええええええええええ!?」

僕は思わず絶叫していました。

確かに、そこにいるのは僕の知っている幼なじみである静希ちゃんなのです！　でも、彼女

は本来ここにいて良い人間ではありません。何故《なぜ》なら静希ちゃんはドクロちゃんやザンスとはアキラカに違う生き物であって、この冗談みたいな世界の常識における最後の聖域みたいな人なのですから!!

なのに、

「待っていてね、こんなわれめ姫やカァカァラスなんてすぐに吹っ飛ばしてあげるから!!」

言って、彼女が投げ放つのは砲丸投げで使われるソフトボールサイズの鉄球!? そう言えば静希ちゃんは陸上部所属でした!

どォりゃあアっ! という、とてつもなく嫌な掛け声と共に放たれた鉄球は、あまりの速度に空気摩擦《まさつ》で焼かれ、大気圏突入中の隕石《いんせき》っぽいエフェクトと共にわれめ姫へと一直線!

うわあ、さっきのビーム兵器っぽいものの正体ってこれだったの!?

見た目・威力ともにマジで必殺技っぽい一撃《いちげき》を放った静希ちゃんは、まるで僕とわれめ姫を分かつように、両者の間に素早く滑り込みつつ尋ねてきました。

「だいじょうぶ、桜くん!?」

「僕は心の内側が大丈夫《だいじょうぶ》じゃない!!」

もう涙混じりで叫び返します。なんていうか、僕は自分の命を守ってもらった代わりに、抱いていた憧《あこが》れを全部支払ってしまったような気分です! っていうか、ザンスがさんざん言っていた『われめ姫やカァカァラスをやっつけられるのは僕だけ』っていうお話は一体どこへ行ってしまったんだ!?

「大体、こういう突拍子もない役割は、せめて田辺《たなべ》さんや南《みなみ》さんが担《にな》うならまだ分かるのに！　何でよりにもよって静希《しずき》ちゃんなんだーっ!!」

錯乱《さくらん》していた僕は、まだ周囲の状況を完璧《かんぺき》に把握しきれていなかったようです。

気がつくと、僕の左右両サイドには、

「誰《だれ》ならまだ分かるって？（田辺さん）」

「桜《さくら》くんって時々ひどい事を言うよね（南さん）」

ハッとした僕が次の行動に移る前に、田辺さんはトランペットを、南さんはアルトサックスを僕の両耳に密着させて『ぷおーん!!』と大絶叫！　そう言えば田辺さんも南さんも吹奏楽部所属でした！　膨大《ぼうだい》な音に挟まれた僕の脳はスタングレネードでも食らったように思い切り揺さぶられます!!

「ぎゃああ!!　こ、ここを支配していた空気がホラーから一気にいつもの通りに!?　あ、え？　み、南さん、何でそんな無表情でこっちを睨《にら》んで〈ぷおーん!!〉ひぃいい!!」

ぐらぐらに揺れる僕の意識。

しかし、痛みを堪《こら》えてこの過酷な現実と戦わなければなりません。

「だ、大体おかしいでしょ普通に考えて！　これがこの世界における静希ちゃんの役割か!?　こんなの、全然、ロンリ的じゃないに決まってるじゃないかーっ!!」

「落ち着いて、桜くん。私が力を持っている事には相応の論理と法則があるの」

静希ちゃんは、どこかしっとりとした、落ち着いた声で答えてくれます。

「ろ、論理？」

「そう。桜くん。例えば、桜くんはドクロちゃんの事をなんて呼んでいるかしら」

「へ？　ドクロちゃんはドクロちゃんじゃない」

「じゃあ南さんは？」

「だから南さんは南さんだってば」

「それならサバトちゃんやザクロちゃんは？」

「？？？　だからサバトちゃんもザクロちゃんもそのまんまだよ。なに、田辺さんやバベルちゃんの呼び方も教えて欲しいの？　でも、ほとんど同じだよ？」

「うん。なら、私は？」

言って、静希ちゃんは自分の胸を指差しました。

「え。だから静希ちゃんは静希ちゃんだって……」

答えかけて、僕はハッとしました。

ま、ま、まさか、

「そう。天使を含む、私達《たち》特別な力を持つ者は皆『○○ちゃん』と呼び名がつくの。対して、南《みなみ》さんや田辺《たなべ》さんのような普通の人達《たち》は『○○さん』ね」

うわあああああああああああ!?　や、ヤダァそんな法則！　でも、言われてみれば確かに静《しず》希《き》ちゃんだけは天使と同じ『ちゃん付け』だ！　しかも名前は『シズキ』の三文字!!　二つが合わされば『シズキちゃん』、さらに手前にキャッチコピーを添えると『陸上少女シズキちゃん』――って、いかにもルルティエ所属のアホ天使っぽいよ!!

しかもこの法則が適用されるなら、明らかに僕より年上のはずのバベルちゃんが『ちゃん付け』されていたり、ドクロちゃんと同じ天使であるはずのザンスにあんまり実力がないのも分かります。だってザンスの呼び名は『ザンスちゃん』じゃないし！

愕然《がくぜん》とする僕に、

「私達は何の力も持っていないけど、やっぱり静希ちゃんとは友達だから（南さん）」

「だからあくまで一般人として、できる範囲で協力しているの（田辺さん）」

二人の声が聞こえてきますが、なんか心なしか距離が遠い気がします！　なに、この一線の内側と外側みたいな流れは!?　僕や静希ちゃんが立っている場所は哀《かな》しみ溢《あふ》れるヒーローのフィールドですか!!

「じゃ、じゃあ、ザンスがさんざん言っていた『この事態を打破できるのは僕だけ』っていうのは」

僕が問うと、静希ちゃんはわずかに目を伏せて、

「桜《さくら》くんは、まだ『覚醒《かくせい》』しきってないの。そう、今の『桜くん』は、まだ『サクラちゃん』ではないから。桜くんが周りのみんなから『練乳男爵《れんにゅうだんしゃく》サクラちゃん』と呼ばれるようにならない限り、真の力は発揮できないわ！」

「アラユル意味で壁が高すぎる‼　……って、あれ？」

絶望に落ちかけた僕は、しかしそこでふと違和感を覚えます。何でしょう、この法則には、まだ何か裏があるような気がします。それも、事態を打開できるヒント的なものではなく、さらにデンジャーでトラップ的な何かが。

（待て。冷静に考えよう。一度、僕が知り合いをなんて呼んでいるかを思い返してみよう）

僕は名探偵おうムルのように思考を巡らせ、

（宮本《みやもと》、ドクロちゃん、南さん、ザクロちゃん、ザンス、一条《いちじょう》さん、バベルちゃん、サバトちゃん、田辺さん、西田《にしだ》、松永《まつなが》、山崎《やまざき》先生、ちえりちゃん。――――ん？　ちえり、ち、ちゃん？）

図書委員でメガネでオドオドな、宮本の彼女であるところの小柄な少女を思い浮かべ、僕が思わずゾッと背筋を凍らせた瞬間《しゅんかん》、
ズドーム‼　と。

今まで窓を埋め尽くしていたカァカァカァラスの群れが、謎《なぞ》の爆発で吹き飛ばされました！

何万ものカァカァラスをまとめて薙《な》ぎ払ったくせに、その攻撃《こうげき》は窓ガラスに対しては傷一つ与えません。

恐るべきスーパー攻撃を放ったのは、窓ガラスの向こう、校舎裏に立っている、

「眼鏡乙女《おとめ》チエリちゃん――――って、ごめん宮本《みやもと》!! なんか僕、今回はお前の知り合いまで巻き込んだっぽい!!」

僕は思わず頭を抱えて叫んでいました。

何故《なぜ》ならば、校舎裏に立っているちえりちゃんは、何だかいつものビクビクオドオドな『守ってあげたい女の子』ランキング上位な感じじゃないのです。砂埃《すなぼこり》がびゅうびゅうと舞い上がる中、メガネのブリッジに中指を当てて佇《たたず》んでいるその姿は、どっちかと言うと少年漫画のライバル役（三下《さんした》の必殺技など直撃しても無傷で不敵な笑顔）っぽい匂《にお》いがします!!

「あ、あの、私が出る幕もなかった、ですか？」

口だけはオドオドですがそれはギャップ萌《も》えでも狙《ねら》ってんのか!? ていうか、何かどんどん僕の周りの常識・良識が破壊《はかい》されていっていますがちゃんと元の軌道に戻れるんですか!?

わずかに生き残ったカァカァラス達《たち》が、それぞれバラバラにちえりちゃんへ攻撃を仕掛けようとしていますが、うわっ！ ちえりちゃんってば、なんか、こう、エグっ!? 普通女の子なら、いくら相手がカァカァラスだからって、普通はそこまで徹底的《てっていてき》な攻撃は心理的に避《さ》けるん

じゃ、ひぃいいいいッ!!

ドーンズドーン!!　と校舎全体が震《ふる》えるぐらいの攻防を繰《く》り広げるちえりちゃん。それを横目に見る静希《しずき》ちゃんは、ふっと優しげに目を細めると、

「私も負けてはいられないわ！」

「いや張り合わなくても良いよ！」

「『静かなる希望《サイレントホープ》』の意味、桜《さくら》くんに教えてあげる!!」

「そんな禍々《まがまが》しい異名は教えて欲しくなかった!!」

僕が放つ涙混じりの絶叫などもろともせず、陸上用のゴツいシューズを履《は》いた静希ちゃんはわれめ姫へと一直線に走り出し、床を脚力で凶悪に削りつつ十分な助走と共に勢い良くアタック!!　放たれるのは全体重を乗せた真剣勝負のタックルです!!

(わあ!!　そんな、聖ゲルニカ制服のまま派手な攻撃したらスカートがめくれてパンツが見え——あれ？　い、今の肌色。もしかして静希ちゃんっていつも、はいてな……ッ!?)

心の中の理想像（名工・五人の僕妖精による銅像）が粉々に砕かれた瞬間《しゅんかん》。

ドカーン!!　という、

いかにもそれっぽい爆発音と共に、われめ姫は倒れていきました。

「うわあああ!!　あ、見て静希ちゃん。壁や土の亀裂《きれつ》が開けゴマ的にオープンしてドクロちゃんやザクロちゃんが戻ってきたよ。これ絶対われめ姫が白旗振ってるサインだって！　ほら、

心なしか今のわれめ姫って両手で顔をごしごし擦《こす》って泣いてるっぽいじゃん。だからもう許してあげ――――え？　この妖怪はまだ奥の手を残しているはずなの……って、うぎゃあああ!!ダメー静希《しずき》ちゃん！　そんな円盤投げに使う円盤でわれめ姫をそんな風に殴《なぐ》り飛ばしちゃダメーっ!!」

僕の叫びも届かず、われめ姫は一方的かつメタメタにやられていきます。

ああ、僕はあなたという存在に恐怖していたし、どうにかして倒せないものかと願っていましたけど、かと言ってこんなあっさり敗北したら『静希ちゃんはやっぱり普通の可愛《かわい》い女の子だったんだい』という可能性が完膚《かんぷ》なきまで否定されちゃうじゃないですか……。

涙でにじむ視界の先で、静希ちゃんはにっこりと微笑《ほほえ》みました。

僕は初恋の危機を予感し、果たしてこの大きすぎる荒波を越える事はできるのだろうか、と漠然と考えていました。

「う、ううーん……」

と、寝返りを打つような声をあげたのはドクロちゃんです。われめ姫やカアカアラス達《たち》が倒された後、ドクロちゃんや他《ほか》の天使達は、いつの間にか亀裂《きれつ》や裂け目の前の地面に転がっていたのでした。ちなみにサバトちゃんは、カアカアラスを（とても文章では表現できないような方法で）撃退《げきたい》したちえりちゃんに引きずられていますよ？

「ドクロちゃん、大丈夫《だいじょうぶ》!?」

僕が慌てて駆け寄ると、ドクロちゃんはゆっくりとまぶたを開けて、

「さくら、くん？　桜《さくら》くんが、助けてくれたの？」

「うっ！　……そ、それについては思い出したくもないので、追求は避《さ》けてもらえると助かるかな、ドクロちゃん」

「桜くんじゃないって事は……ハッ!!」

ドクロちゃんはビクッと肩を震《ふる》わせます。ああ、静希ちゃんとちえりちゃんのストロングパワーがバレちゃう!!

「ま、まさかボクが眠っている間に敏感一郎《びんかんいちろう》が全《すべ》てを解決して!?」

「来ないよ敏感一郎なんて！　今まで一回も名前出てこなかったよね!?　いっつも思ってるんだけどドクロちゃんのその突拍子もない思考はどこをどう巡って導き出されているのかな!!」

「違うもん！　突拍子はあるもん!!」

「あれ？　突拍子って……そういう使い方で良いの？」

僕が首をひねっていると、

「ほら見て桜くん！　ここに敏感一郎の証《あかし》、『びんかんサラリーマンマヨネーズ』が置いてあるじゃない!!」

「そんな怪しげな物品は今までの既刊に一度たりとも登場した事はないよ!! って、あれえ!? ある、なんか涙滴型の白いボトルが置いてある! 待って、よし、よい子のみんな! 今までの草壁桜《くさかべさくら》の人生の中で本当に『びんかんサラリーマンマヨネーズ』が登場したかどうか調べてみよう! ……うん、あるような、ないような……ええと、なかった、よね。僕はやっぱりなかったと記憶《きおく》しているんだけどなー……?」

いつまで経《た》っても煮え切らない態度を取り続ける僕に、ドクロちゃんは『ぷうっ』とほっぺたを可愛《かわい》らしく膨《ふく》らませて、

「そんなに信じられないんだったら、桜くんが食べてみれば良いじゃない! これで『びんかん』になったら、本当に敏感一郎《びんかんいちろう》はここに来たって証《あかし》になるんだから!!」

「え!? ま、待ってドクロちゃん、そのひらがな四文字に何が込められているか正しく理解しているのかな? あと地面に落ちているマヨネーズをいきなり食べさせるっていうのはげうもぐもぐもげぶーっ!! ドクロちゃん、いきなりナニ〈ビクビクゥ!!〉ああっ! こ、これはぁ『びんかんサラリーマンソーセージ』の時と同じ……い、くあアア〈ビククゥ!!〉って事は、まさか、本当に? あの戦いの場に敏感一郎がいたの……? っていうかそもそも敏感一郎自体の定義そのものが謎《なぞ》だらけだよ! 確かいつだったか数々の怪現象と共に謎の沈没を遂げたMW号に乗船していたらしき目撃《もくげき》情報もあるし、ま、まさか敏感一郎もわれめ姫やカァカアラスのように、現代に生きる『殊更《ことさら》の者』なのかも〈ビクビクビクビクゥ!!〉はアあ……ッ!?

さ、叫ぶと余計敏感に……。ああっ、待って待って、ドクロちゃんも静希《しずき》ちゃんもみんな、どうしてにっこり笑顔で手を振りながら遠ざかっていくの!?　そんなまた来週的な仕草をされたトコロで僕はもう二度とこんな〈ビビクビクビクビビクビーッ!!〉」

★n★

目で見て覚える！
ドクロちゃん英単語

☆☆ここからおかゆさん、復帰して執筆再開です！☆☆

「よかったね桜くんっ！」

いつもよりだいぶ早すぎる帰り道、アルカディア商店街。時刻は十二時を過ぎて間もない頃《ころ》でしょうか。隣《となり》を歩く天使の少女はうきうきと両手いっぱいのマヨネーズを抱きしめています。

「よかないよこんなのは……！」

僕はため息をついて肩を落とし、うなだれます。

——あの後、僕は逃げるようにして「ああッ！　ドクロちゃんこんなにも熱が!!　だから家で寝ててって言ったのにー！」叫んでから天使の少女のおでこをさわり、「今家には誰《だれ》もいないんです！　僕、送っていきますから!!」と、早退手続き。こうして家路についているのです。

若い二人はこのような手段でしか、あの場を収拾するコトができませんでした。

「ねぇねぇ桜《さくら》くんっ。おなか、すかない？」

てくてくとコチラに歩み寄る彼女は、お皿を空っぽにしてしまった子猫のように僕を見上げます。そういえば、僕らは給食を食べそこなっているのです。

「しかたないなぁ……じゃあ、補導されないように気を付けながら、どこか寄る？」

★

僕とドクロちゃんがやってきたのは家の近所にある児童公園、アバランチ公園。

ベンチの横を見れば、そこにあるのはお昼ご飯用の、二斤分の薄《うす》切り食パン。

「こんなに買って……」

そして隣《となり》に座った天使は、

「ねえもっといっぱい、いっぱいぬってよぅ～！」

僕が持つマヨネーズ塗り中パンに厳しい注文をつけてくるのです。

「だってドクロちゃん見てよ、もうマヨネーズ、一センチ近く塗ってあるんだよ？　土台のパンより厚いじゃん！　これじゃマヨネーズ食べてるんだかパンを食べてるんだかわからない！

もう充分でしょ？　我慢なさい！」

「桜くん、なんかお父さんみたい」

「いいからこれをお食べ。ほら、あーん」

僕はむりやり、彼女の口の前にパンを持っていきます。少女は「えへぇっ」と微笑《ほほえ》み、おくちをあーんします。

その時、

「あっ」

予想外のマヨネーズの重みに、たわむ食パン。それは手のひらからこぼれ落ち、

〈べたぁっ〉

「ひゃん！」

天使の少女の制服へと、マヨネーズ面を下にして付着してしまうのです！

「あぁあ……ッ、ごめんドクロちゃん！　す、すぐに——！」

「やっ、はあぅ、桜くんっ！」

「ぬぁあぁッ!?　ちょッ！　なにこの手のひらの感触ぅ……ッ!?　そ、そうか！　膝《ひざ》の上へ落ちるハズだったパンは、しかしドクロちゃんのふくらみに、つまり胸に引っかかって止まって、

僕はそのパンをどかしてマヨネーズをぬぐったんだ!! つ、つまり……!」

今や胸元を押さえ、光と感情を無くした瞳《ひとみ》で僕を見上げる天使の少女。

「さわらレ……た。また、さくラくんに、ボクのムねを、つヨく──!」

「ま、待ってドクロちゃん!? 落ち着こう? ねッ!? 話し合おう! 対話で僕達《たち》は解《わか》り合えるハズだ! ほら、キミの大好きなマヨネーズさんの前なんだよ!? だめだよ! エスカリボルグで叩《たた》かれたら僕から僕ネーズが出ちゃうッ! 断じて暴力では、バットではなにも解決できなべるぉあっ」

ぴぴるぴるぴるぴぴるぴー♪

ハセガワケイスケの場合

～前略～

「ばか！　宮本《みやもと》のバカ！　おまえがバカなばっかりに！　僕の宿題がマチガイだらけ！」

「うるせえ馬鹿《ばか》!!　これでも前よりよくなったんだ！　文句があるなら俺《おれ》もう行くからな！」

「お、置いてくなよ！　くわ……——あ、よし、終わったあ！　終わり終わり！　まってよ宮本～！」

　早歩き、僕は宮本に追いつき、一緒《いっしょ》に廊下を進みます。よく考えてみれば、数学の宿題だって結果が全《すべ》てじゃないのです。努力、それこそが大事なんだと思いますよ。

「まったくなぁ、俺の宿題を写すなんて桜《さくら》、お前ホントに末期的だぞ?」

「そういや、社会科教室ってどこだっけ?」

「聞けよヒトの話を。……って、まて、社会科教室？　なに言ってんだ。三時間目は音楽室だ

★1★

キャンペーンガールな
ドクロちゃん

ぞ？」

「は……？　え、だって僕、社会の教科書とノートを持ってるよ？　ほら」

僕は手に持っていた社会科セット、資料集まで見せつけるように掲げますが、

「それはお前が間違えてんだ、ほら」

宮本は、薄《うす》い音楽の教科書と縦笛をコチラに見せつけます。

「じゃ、じゃあ教室に戻らなくちゃ！」

僕は急いで、駆け足の態勢になります。そして、

「………なんで俺をじっと見てんだよ！　行ってこいよ一人で！」

「いくじなし！」

捨てぜりふを残して教室に走ります。

「うるさい！　俺は先に行ってるからな！」

背中で宮本の声を聞きながら、僕は二年A組に辿《たど》り着き、扉を〈がらり〉と開け放ちます。

「え……？」

そこにあったモノに言葉を失います。

なぜなら教室内では、パジャマを脱いで、スカートの前にくつしたをはこうと片足をイスに乗せたドクロちゃんが↓☆☆**ここより先、おかゆさんに代わってハセガワケイスケさん、お願いします！☆☆**↓すぐにボクに気付いて、引くくらい笑いながらその手に持ったトゲトゲを振

りかざす。

「うわっ！　やめて、ドクロちゃん――――――――っ！」

とか叫んでも、彼女が止まってくれないことはこの世界で一番ボクがよく判《わか》ってる。

ボクは、身構えることもできず、ただ、それが来るのを待つしかなかった。

なのに……。

「……………あれ……？」

いつまでも経《た》っても、それはやってこない。

「ドクロ……ちゃん………？」

薄《うす》く目を開ける。

何も映らない。

いなかった。

ドクロちゃんは、そこにいなかった。

「――なんで？」

まるで、最初からいなかったみたいに。

いや……。そっか。そうだよ。だって、今日は、休むっていってたじゃないか。

……でも、いたよね？

今、そこに立ってたよね？

うん。いた――

「ドクロちゃん?」

もう一度、名前を呼ぶ。

けど、やっぱり返事はなかった。

でも、いたんだ。

いたんだよ。


「………あ……」


そうか。と思い当たる。

ドクロちゃんのことだから、きっとまた、何かたくらんでるのかもしれない。何処《どこ》かに隠れていて、ボクのスキをうかがってて………だったら! こうしてここに立っていると、とんでもないことが起こるかもだ。

「ドクロちゃん、ボク、行くからね! なんかしようとか思ってても、ダメだからね! てか、むしろ、やめて!」

まるで冗談を言い合うかのように、ボクは言った。

なんか……はしゃいでるみたいだ。

こんな狭い教室。とても広く感じて、彼女の姿を目で捜した。

きょろきょろと何度も何度も同じところを視線はさまよって。

彼女が立ってた場所。

でも――

何にもない。

ぐっ、と胸が締《し》め付けられるようで、息が苦しくなった。

なんか、すごく寂しい気持ちでいっぱいになった。

「もういいよ。ドクロちゃん、出てきなよっ」

声は、薄《うす》く響《ひび》いて、あっという間に消える。

消える。

消えた?

「声が……しない――」

教室はおろか、廊下からも、窓の外からも誰《だれ》の声もしない。

ボクは、ハッとなって教室から廊下へ飛び出た。

何の音も聞こえない。

「…………なんで!?」

誰もいない。

ううん。きっと、みんな、ほら、この廊下の角を曲がれば、みんな……、

「……………いない……っ」

こんなのはたまたまかもしれない。

たまたま誰も教室に残ってなくて、たままた誰も廊下に出てなくて、たまたま体育帰りの生徒も、体育へこれから向かう生徒も、教室移動の生徒も、先生も、誰もいないだけかもしれない。

なのに、どうしてこんなに不安なんだろう。

ナノニ、ドウシテコンナニフアンナンダロウ——

「そうだ！　そうだよっ！」

わざと大声を出す。ボクはボクに聞こえるように、みんなに聞こえるように、誰かに届くように、大声で叫ぶ。でも、それでもすぐに声は消えた。

誰の声も聞こえない。

ボクの声も、このまま消えて失《な》くなってしまいそうだった。

「アアアアッ!!」

ボクは、三階の奥にある音楽室へ向かう。

走る。階段を這《は》うようにしてのぼる。

次の時間は、音楽だよね？

宮本《みやもと》もそう言ってたよね？

だから！

みんな、音楽室に行けばいるんだよね!?

そうだよね!?

見えた！　音楽室！

扉に張り付いて、ノブを廻《まわ》す。中に入ると、防音のために扉がもう一個あった。その扉にも飛び付くようにして、乱暴にノブを廻した。

何の音もなく扉は開いた。


♪


「————————……………っ…………」

ボクは、息を呑《の》み込んだ。

そこには、誰《だれ》もいなかった。

いるはずのクラスメイトたちの影も姿もなかった。

それに、ここは音楽室じゃない。

真っ白い部屋。四角いのに、丸いような部屋。自分の視覚がおかしくなったんじゃないかと思ったけど、確かに、部屋の中は、四角なのに丸い。

その形と同じように、部屋の中には、自分たちが家具ですとでもいうように、丸い球体や、四角い箱のようなモノが、まばらに、バランスもデザインもへったくれもなく無造作に置かれていた。

ボクは、中へ一歩踏《ふ》み入る。

「――――っ!?」

その途端、部屋全体がぐにゃりと歪《ゆが》んだ。生物のようにうごめき、数秒でその動きを止める。

「まさか……」

もう、自分で自分の見ているモノが信じられなくなってきた。

この眼球をくりぬいて、水道で丸洗いしたいそんな衝動《しょうどう》にかられるほど……。

「ここ……ボクの部屋……?」

どう見たってそうだ。

今朝、脱いだ淡いブルーのパジャマが寝くずれた布団《ふとん》の上に脱ぎっぱなしになってる。

あれは、ボクがそうしたんだ。

朝、ドクロちゃんに絡《から》まれて、それで遅刻しそうになって慌ててたから……。

「――ドクロちゃん!?」

思い出したように、その名前を呼んだ。

なんだろう。一瞬《いっしゅん》、頭の中がぐにゃりと揺らいだみたく、彼女の名前が出てこなかった。

大切なモノを落としそうになって、あわててそれをつかんだ。

そんな感じだった。

「ドクロちゃん！」

確かめるように、大きな声で悲鳴のように叫ぶ。

返事を待つことなく、ボクは、いつも彼女が寝ている押し入れの戸に乱暴に手をかける。

重さをまったく感じず、ふわりとありえない感覚を手から腕に伝えて、戸は開かれた。

くしゃくしゃの布団《ふとん》。

でも、彼女はいない。

でも、いたよ？

だって、彼女の匂《にお》いがたくさんする。

いつだって、やさしくなれるような気がする。そのかおりが。

「ドクロちゃん……？」

彼女の匂いが少しだけ、心に安心をくれた。

ゆっくりとボクは、自分の部屋の戸を開け、廊下に出た。

彼女なら、そうさ。まだ、パジャマのままNHK教育テレビを見ながらイチゴ牛乳でも飲んでるに違いないんだ。ついでに、いちごショートといちご大福とか、いちごづくしの組み合わ

せてさ。それで、バカみたいに笑いながら、

「――どうしたの、サクラくん？」

って言ってくれるに違いないんだ。

ボクは欲しくないときでも、声を、彼女はいつも傍《そば》にいて、声をくれるから。

いつだって、ボクはいらなくても、彼女は声をくれるから――

「ドクロちゃん？」

彼女の名前を呼び続けながら、ボクは、階段を一歩一歩確実に降りていく。不意に、次の一歩では、階段が無くなってしまっているかもしれない。そんな気がしたからだ。

こんなに自分の家の階段をゆっくり降りたことなんてきっとない。いつも、当たり前のように昇って、降りるだけ。

その間に、少しでも頭の中の整理をしておこうと思った。

ドクロちゃんがいたと思ったらいなくて、さっきまで学校で、音楽室が自分の部屋になって、それで階段を今、降りてる……。

つながりと関連性がまったくない。

なんだよ。

なんなんだよ。

ボクは、いったい何してるんだ？

「フゥ……」

ようやく一番下まで降りてきた。階段は最後まで続いてくれた。

ため息のような深呼吸でボクは、息をする。

「スゥ……ハァ……」

またゆっくりと歩を進めはじめた。

静かだ。

音がしない。

テレビの音。

ドクロちゃんの笑い声。

無邪気にボクのことを呼ぶ、いつもの声。

——聞こえない。

彼女は、ここにいないんだろうか？

見慣れた居間。

テレビの前。

中に入って、ボクはただ呆然《ぼうぜん》と立ちつくすしかなかった。

いない。

誰《だれ》もいない。

ドクロちゃん。

夕方でもないのに、光が斜めに入ってきて部屋の中をセピアに揺らした。

胸が、トクトクと小さく、でも速く鳴る。

誰もいない。

彼女の匂《にお》いはするのに。

あまい、やさしい匂いだけが残っていて、ボクの胸を苦しくさせた。

寂しくさせた。

ちゃんと、確かめたいんだ。

ドクロちゃん。

なんで、いないの？

ボクの分のいちごショート食べていいよ？

プリンもあげるよ。おっきいやつ。

漫画ももう勝手に読んでも怒らないし、投げっぱなしでもいいよ。

とりあえずいいよ。

今、すぐ出てきてよ。

「ドクロちゃん、出てきてよ。かくれんぼ？　これ、かくれんぼでしょ？　すごく手間のかかった冗談でしょ？　ドクロちゃん、もう、いいよ。ボク、満足だよ、楽しんだよ。ほら、これでいいんでしょ？　出てきて、ドクロちゃん……っ」

なんで、彼女の名前だけが思い出されて、彼女だけが唯一の存在で、どうして、ボクを寂しくさせるのか、ボクを不安にさせるのか、なんにも判《わか》らなかった。

でも、ただ、彼女を呼ぶことだけが、ボクのすべてに思えた。

この不安と寂しさの中で、ボク自身をここにとどめている唯一だった。

「ドクロちゃん！　ドクロちゃん！　ドクロちゃんっっ‼」

キッチンもバスルームも、全部。家の中、全部捜した。

けど、見付からないよ。

ドクロちゃん。何処《どこ》にいるの？

ボクは、何処に行けばいいの？

何処に行けば、キミを見付けられるの？

教室で見た、一瞬《いっしゅん》。その彼女の表情が頭の中から離れなくて、よけい、不安で寂しくなって。

ボクは、泣き出してしまいそうだった。

そんなこと、意味がないって判ってるのに。

泣いたら、誰《だれ》かが、迎えにきてくれるような気がした。涙が溢《あふ》れて、景色をぼんやりとにじませた。

胸が、ぎゅっと締《し》め付けられる。

ああ、そういえば、こういう気持ちになった……いつだったっけ……ああ……そうだ……。

少し前、八ミリのフィルムを見た。

子供のころ、父さんが、普通のビデオカメラじゃなくて、わざわざ八ミリのカメラのフィルムで撮ったモノ。それをこの前、ドクロちゃんが押し入れの中からひっぱり出してきて、ふたりで見た。

淡い輪郭のぼんやりとした映像。はっきりしない記憶《きおく》と映像。

セピア色にあせた景色の中で、わがままに走り廻《まわ》る小さなボク。

ちっちゃな手、ちっちゃな足、でっかい頭。

ボクは、三歳だった。

音のない世界で、ボクの声と、カメラを向けている父さんや母さんの声が聞こえてくるみたいだった。

全然、覚えてないのに、なんだか、ただ懐《なつ》かしくて、そのセピアが切なくて。

ボクは食い入るように、それを見てた。

ドクロちゃんが、なんか言ってたけど、聞いてなかった……。

ゴメンね。ドクロちゃん。

ボク、ちゃんと聞いてればよかったよ。

キミの声、ちゃんと聴《き》いてればよかった。

こんなに寂しい想《おも》いをするんだったら、すぐに思い出せるように、ちゃんと聴《き》いておけばよかった。

セピア色の映像は、あいかわらずボクを映していて、話すのをやめたドクロちゃんが隣《となり》で、ボクと同じように、フィルムを見つめる。

かたかたと、映写機がフィルムをはじく音が、感傷的な心の中に、まるでノックをするように鳴ってる。

「あ、あぶないーーっ」

あのとき、ドクロちゃんはそう言った。

映像の中のボクが、はしゃぎすぎて転んだからだ。

何故《なぜ》か、映像に駆け寄ろうとするドクロちゃん。

それとシンクロするように、セピアの中では母さんがボクを抱きかかえ、すりむいた膝《ひざ》をハンカチでぬぐってくれている。

——ほら、泣かないの、サクラ。

——そうだよ。サクラ。男の子だろ?

ふたりのこえ。聴こえる。

「――よかったぁ、サクラくんっ」
振り返りボクを見た彼女は、とても綺麗《きれい》に笑った。
ボクの名前を呼びながら、あんなにも綺麗に笑ってた。
ああ、そうだ。
ボクは、覚えてるよ。
失《な》くなってないよ。
聴こえるもん。
父さんと母さんの声。

そして、ドクロちゃんの声。

なのに、どうしてなんだろう。
こんなに綺麗に笑ってるのに。
こんなにはっきりと笑ってるキミがいるのに。
消えてしまいそうなんだ。
今にも、思い出が消えてしまいそうなんだ。
彼女は、ここでこうして立って、ボクに笑ってくれて。

ボクの名前を呼んでくれる。

なのに、彼女は、いないんだ。

何処《どこ》にもいないんだ。

ボクだけ、ひとりで、ここでこうやって。

あのときみたいに、膝《ひざ》を抱えて、セピア色に切なく、心が消えてしまいそう。

もしかすると、ボクの心はあのときあのセピア色に吸い込まれて、ずっと失《な》くなったままだったのかもしれない。

フィルムの中、置いてきたのかもしれない。

あのとき笑ってくれた彼女も、本当は、ここにいなかったのかもしれない。

最初から、ずっと、前から。

何をこんなにあせっているんだろう。

何がこんなに不安なんだろう。

それなら、ボクは、セピアの中を泳ぐ魚になって、ボクを捜しに行く。

置いてきてしまったボクを捜しに行くんだ。

そしたら、見付かるでしょ?

ドクロちゃんのこと、見付けられるでしょ?

そうだ。だから、誰《だれ》もいなくなってしまったんだ。

ボクが、見付けないといけないんだ。

でも、ボクは何処に行けばいいの？

ドサリとボクは床へへたり込んでしまった。

全身から力が失《う》せて、身体《からだ》が動かない。自分は操り人形で、そのつられた糸をはさみで、ちょきん、と斬《き》られたみたく。

ドクロちゃん……。ボク、もう……。

消えちゃうよ。みんな消えちゃうんだ。

セピア色になって、吸い込まれて、みんな消えちゃうんだ。

どうして。

どうして、ボクは、ひとりなんだろう。

ここって、何処だっけ？

ボクは……三歳で……子供で……転んで……膝をすりむいて……。

泣いたら誰かがきてくれると思って……大声で泣いたんだ。

あのときも、今も――

「ドクロちゃん……っ！　ド…クロ……ちゃ……んっっっ！　わぁぁぁぁぁぁぁぁぁぁぁぁぁぁああああああああぁぁぁぁぁぁぁっ!!」

何で、彼女の名前だけ、覚えてるんだろう。

みんな、忘れちゃうのに。
みんな、失《な》くなってくのに。
どうして、キミの声だけがまだ、ボクを呼んでくれるんだろう……。
——……ぅくん……。
——サ……くん……。
——サクラくん……っ。
耳元で聴《き》こえて、やさしく鳴った。
キミの声が、ボクを呼んで、やさしく弾《はじ》けた。
セピア色は、キミの色で。
キミにとてもよく似合っていて。
だから、思い出すことができたんだ——
「……サクラくん、どうしたの？」
「うあああああっ！」

「ほら、泣いちゃダメだよ。男の子なんだからっ」

彼女が傍《そば》にしゃがみ込んでた。

「なんで、ドクロちゃんっ!?」

世界がぐにゃりと歪《ゆが》んだ。

音楽室が自分の部屋になったときみたいに。

そして、そこは、教室だった。

いつもの見慣れた教室だった。

彼女は、見慣れた制服を羽織って、ボクの目の前にいた。

そっと手を伸ばしてボクの髪の毛に触れる。

「いきなり入ってきて、泣きだすんだもん！　びっくりしちゃったよぉ」

彼女は軽いトーンで瞳《ひとみ》をくりくりとさせ大げさに驚《おどろ》いて見せた。

「なんで？　なんで、ドクロちゃん！　だって、いなかったよ？　いなかったよ？」

ボクは、まだ泣きながら、同じ科白《せりふ》を何度も繰《く》り返す。

なんで、いるの？

いなかったのに？

すると、彼女は、ん？　と首をかしげてから、ボクが何を言おうとしてるのか彼女なりにさとったらしく、ふふふ、と笑った。

「サクラくん。やっぱり、ボク、きたよ。サクラくんと離れると、ボクね、スルメイカみたいにカラカラになっちゃうよ」

よく判《わか》らない理由をさも当然のように言いながら、綺麗《きれい》に笑った。

それは、学校にきたという意味なのか、ボクのところへきてくれたという意味なのか、

「うん。うん。うんっ！」

ボクもよく判らないくせに何回もうなずいた。

そして、また、泣き出してしまった。

「ドク……ロ……ちゃ…………うあぁぁぁぁぁ……っ！」

はしゃいでた、ボク。転んで膝《ひざ》をすりむいて、その痛さよりも、その血の赫色《あかいろ》に驚《おどろ》いて、誰《だれ》かがきてくれると思ってた、泣いてたボクを、彼女がやさしく抱きしめてくれた。

「もう、泣かないで、サクラくん」

あったかくて、やわらかくって、やさしいあまい匂《にお》い。

——ドクロちゃんだ……。

「よしよし、よしよし……。ほらほら」

彼女は赤ん坊をあやすように、ボクの頭をやさしく撫《な》でてくれる。

ちゃんと、感じる。

あったかや、やさしいや。

「まったくもう、サクラくんは、ボクがいないとだめなんだからー」

やれやれと言った風に、でも、やさしく。

「しょーがないなー。帰ったら、プリンだよぉ?」

「……うんっ」

「あ。あと、いちごショートも!」

「うん……っ」

ボクは、やっぱり何度もうなずいて。

やっぱり、彼女は、何度も笑ってくれた。

ボクの名前を呼んで。

「ね。サクラくん——」


♪


「そうだ、サクラくん。帰りに、マヨネーズ買いに行こっ」

「え、なんで?」

「ルルティエに送ったらなくなっちゃったんだ。**時限発火なめこ**といっしょに」

「発火って……?」

「東京ドーム二個分の発火力」

「そそそそそそれなに!? てか、それじゃんッッッ!」

「え、なにが?」

「きっとそれじゃん! むしろ、それじゃん!」

「そ、れじ、ゃ、ん?」

「斬新な語句のテンポだね! うん。違う。そうじゃないよ?」

「んんー?」

「あのね。きっと、その東京ドーム二個分の発火力の**なめこ**のせいで、ルルティエがえらいことになって、それでボクもきっと、あんなことに………」

「キット? アンナ?」

「いや、ドクロちゃん。なんで、**なめこ**なの!?」

「だって、サクラくん、**なめこ**好きでしょ?」

「え……と……。——うん。そうだね。うん。そうだったよ。まったくさ……もう……」

「んんー? 変なサクラくーん。あ、そっか! サクラくんも**なめこ**ほしかったんだね! なんだー、言ってくれれば、ひとつやふたつや三億や……」

「いい。そんないらない。……それより、マヨネーズ買いに行こうよ。もう、ないんでしょ?」

「——うん! いこっ!」

彼女は、綺麗《きれい》に笑って、

ボクは、うれしくなって、

また、呼ぶんだ。

キミの名前を。

キミが、呼んでくれるから。

ボクを。

そしたら、失《な》くしても。

見付けられるよ。

きみのこえ。

♪

★n★

☆☆ここからおかゆさん、復帰して執筆再開です！☆☆

「よかったね桜《さくら》くんっ！」

いつもよりだいぶ早すぎる帰り道、アルカディア商店街。時刻は十二時を過ぎて間もない頃《ころ》でしょうか。隣《となり》を歩く天使の少女はうきうきと両手いっぱいのマヨネーズを抱きしめています。

「よかないよこんなのは……！」

僕はため息をついて肩を落とし、うなだれます。

——あの後、僕は逃げるようにして「あぁッ！　ドクロちゃんこんなにも熱が!!　だから家で寝てて言ったのにー！」叫んでから天使の少女のおでこをさわり、「今家には誰《だれ》もいないんです！　僕、送っていきますから!!」と、早退手続き。こうして家路についているのです。

若い二人はこのような手段でしか、あの場を収拾するコトができませんでした。

「ねぇねぇ桜くんっ。おなか、すかない？」

てくてくとコチラに歩み寄る彼女は、お皿を空っぽにしてしまった子猫のように僕を見上げます。そういえば、僕らは給食を食べそこなっているのです。

「しかたないなぁ……じゃあ、補導されないように気を付けながら、どこか寄る？」

★

僕とドクロちゃんがやってきたのは家の近所にある児童公園、アバランチ公園。ベンチの横を見れば、そこにあるのはお昼ご飯用の、二斤分の薄《うす》切《ぎ》り食パン。

「こんなに買って……」

そして隣に座った天使は、

「ねえもっといっぱい、いっぱいぬってよう～！」

僕が持つマヨネーズ塗り中パンに厳しい注文をつけてくるのです。

「だってドクロちゃん見てよ、もうマヨネーズ、一センチ近く塗ってあるんだよ？　土台のパンより厚いじゃん！　これじゃマヨネーズ食べてるんだかパンを食べてるんだかわからない！　もう充分でしょ？　我慢なさい！」

「桜《さくら》くん、なんかお父さんみたい」

「いいからこれをお食べ。ほら、あーん」

僕はむりやり、彼女の口の前にパンを持っていきます。少女は「えへぇっ」と微笑《ほほえ》み、おくちをあーんします。

その時、

「あっ」

予想外のマヨネーズの重みに、たわむ食パン。それは手のひらからこぼれ落ち、

〈べたぁっ〉

「ひゃん！」

天使の少女の制服へと、マヨネーズ面を下にして付着してしまうのです！

「あぁあ……ッ、ごめんドクロちゃん！　す、すぐに――――！」

「やっ、はあぅ、桜くんっ！」

「ぬぁああッ!?　ちょッ！　なにこの手のひらの感触ぅ……ッ!?　そ、そうか！　膝《ひざ》の上へ落

ちるハズだったパンは、しかしドクロちゃんのふくらみに、つまり胸に引っかかって止まって、僕はそのパンをどかしてマヨネーズをぬぐったんだ!!　つ、つまり……!」

今や胸元を押さえ、光と感情を無くした瞳《ひとみ》で僕を見上げる天使の少女。

「さわらレ……た。また、さくラくんに、ボクのムねを、つヨく——!」

「ま、待ってドクロちゃん!?　落ち着こう?　ねッ!?　話し合おう!　対話で僕達《たち》は解《わか》り合えるハズだ!　ほら、キミの大好きなマヨネーズさんの前なんだよ!?　だめだよ!　エスカリボルグで叩《たた》かれたら僕から僕ネーズが出ちゃうッ!　断じて暴力では、バットではなにも解決できなべるぉあっ」

ぴぴるぴるぴるぴぴるぴー♪

谷川流の場合

★1★

キャンペーンガールな
ドクロちゃん

～前略～

「ばか！　宮本《みやもと》のバカ！　おまえがバカなばっかりに！　僕の宿題がマチガイだらけ！」

「うるせえ馬鹿《ばか》!!　これでも前よりよくなったんだ！　文句があるなら俺《おれ》もう行くからな！」

「お、置いてくなよ！　くわ……――あ、よし、終わったあ！　終わり終わり！　まってよ宮本～！」

　早歩き、僕は宮本に追いつき、一緒《いっしょ》に廊下を進みます。よく考えてみれば、数学の宿題だって結果が全《すべ》てじゃないのです。努力、それこそが大事なんだと思いますよ。

「まったくなぁ、俺の宿題を写すなんて桜《さくら》、お前ホントに末期的だぞ?」

「そういや、社会科教室ってどこだっけ？」

「聞けよヒトの話を。……って、まて、社会科教室？　なに言ってんだ。三時間目は音楽室だ

ぞ？」

「は……？　え、だって僕、社会の教科書とノートを持ってるよ？　ほら」

僕は手に持っていた社会科セット、資料集まで見せつけるように掲げますが、

「それはお前が間違えてんだ、ほら」

宮本は、薄《うす》い音楽の教科書と縦笛をコチラに見せつけます。

「じゃ、じゃあ教室に戻らなくちゃ！」

僕は急いで、駆け足の態勢になります。そして、

「………なんで俺をじっと見てんだよ！　行ってこいよ一人で！」

「いくじなし！」

捨てぜりふを残して教室に走ります。

「うるさい！　俺は先に行ってるからな！」

背中で宮本の声を聞きながら、僕は二年A組に辿《たど》り着き、扉を〈がらり〉と開け放ちます。

「え……？」

そこにあったモノに言葉を失います。

なぜなら教室内では、パジャマを脱いで、スカートの前にくつしたをはこうと片足をイスに乗せたドクロちゃんが↓☆☆**ここより先、おかゆさんに代わって谷川流さん、お願いします！**
☆☆↓

次の瞬間《しゅんかん》、僕は身を投げ出すように土下座《どげざ》し、こう叫びました。

「ドクロちゃんやめて！　今回だけは殺さないで！　だってこれ書いてる作者ってトリビュートなのをいいことに僕が撲殺《ぼくさつ》されたっきり生き返らなくてドクロちゃんも殺されちゃってそれで終わり、みたいな絶望的なのを平気で書いちゃうアホなんだよ！　もう前後のつながりなんて完全無視で僕とドクロちゃんを殺しちゃって最後にメタな文章を延々続けるっていう、まるで読む人全員に呪《のろ》いをかけているみたいなものを書いちゃうんだ！　ていうか実際に書きやがったんだ！　でも、これじゃあんまりですよね、っていう話になっていろいろ編集さんと相談したあげく諸事情によって全ボツにしたんだよ！　だからドクロちゃん、今日だけは撲殺しないで！　せっかく書き直してるのにまた同じことになっちゃう！　僕とドクロちゃんとサバトちゃんとザクロちゃんと静希《しずき》ちゃんが血とマヨネーズとケチャップとウスターソースの海に沈むことになっちゃうよ！」

血を吐くような叫びとはこのことでしょう。僕は心の底から願いました。着替え中のドクロちゃんを目撃《もくげき》してしまうのは日常茶飯事、その都度撲殺されるのも日常茶飯事、お風呂《ふろ》を覗《のぞ》くのは三日に一度くらいに自制していますが、ドクロちゃんの半裸や全裸を見てしまった日には必ず殺されることになっているのです。

が！　今日だけはダメなのです。なぜならバトンを受け取って書いてる作者がアホだからです。ただトリビュートするだけじゃ面白くないっすよねーとか言いながら頭のオカシイことをやっちゃうのです。本当に頭がオカシイんじゃないでしょうか。そう言えば最近奇行が目立ちます。

「だから、ね。ドクロちゃんお願い！　今日だけは、今回だけはーッ！」

「なに言ってるの？　桜《さくら》くん」

　顔を上げると、下着姿で片クツシタという読者サービス全開のドクロちゃんは、ニコニコと微笑《ほほえ》んで立ち上がるところでした。

　そして肌も露《あら》わな姿をことさらに見せつけるように、胸を反らして、

「見られても平気だよ。だって、これ水着だもん」

　僕は目をこらします。本当だ。白いからてっきり下着だと思いこんでしまいましたが、よく見ると白いビキニタイプの水着です。

「でも……どうして水着なんか着てこんなところに？」

　ひょっとしたら疑似パンチラを披露《ひろう》しようとでもいうのでしょうか。

「だって服が汚れるかもしれないんだもん」

　ドクロちゃんの返事は謎《なぞ》に満ちたものでした。教室で水着になって何をしようと？

　途方に暮れる僕に笑いかけると、ドクロちゃんは床に置いてあった段ボール箱をどーんと僕の机に置きました。ますます途方に暮れる僕ですが、黙《だま》っていたら話が進みません。解《わか》らないことがあったらまず質問です。

まだ封を開けていない新品でした。見ると段ボールの中にはたくさんのマヨネーズがつまっています。

「マヨネーズ!」

ドクロちゃんが段ボール箱から取り出したのは、紛れもなくマヨネーズの容器です。それも

「それ、何?」

どこからマヨネーズを箱ごと持ってきたのか、これはちゃんとした金銭授受の帰結としてこ

こに存在するものなのかどうなのか、湧《わ》き上がる不安に包まれながら僕が口を開く前に、

「新しい部を作ろうと思って!」

ドクロちゃんが明るく宣言してくれました。僕はさらなる不安に抱かれつつも、

「新しい……部……って……?」

「QPマヨネーズ部!」

その言葉を聞いた僕は速攻で返答しました。

「木工ボンド部だけでいいじゃん!? そんな変な部は学校に一つあるだけで充分だよ!」

「一つ、一つ、で、二つだよ」

「一つで充分ですよ! 解《わか》ってくださいよ!」

ブレードランナーとウドン屋のおっさんのような会話をする僕たちでしたが、結局、僕はド

クロちゃんの言うことに逆らえないのです。もし彼女のご機嫌を損ねて撲殺《ぼくさつ》されてしまったら、

きっと僕は死にっぱなしのまま蘇生《そせい》せず、物語が進まなくなるでしょう。そんなことになって、このアホ作者《谷川流》の原稿も進まなくなり、ただでさえギリギリの締《し》め切りに間に合わなくなるような事態になったりすると冒頭に述べたヒドいボツ原稿がページ合わせのために載っかるかもしれません。ライトノベルを木《こ》っ端《ば》みじんにしようとするかのようなあんなゲロ小説が採用されたら作者的にもツーアウトです。誰《だれ》も幸せになりません。

僕は溜息《ためいき》をつき、

「あんまり気乗りしないけど、ドクロちゃんが作りたいってのならそうしたらいいよ。それで、大量のマヨネーズでいったい何をするの？」

どこまでもニコヤカにドクロちゃんは、

「マヨネーズを洗面器いっぱいに入れてそこに顔をつけるの。そのままの状態で何秒ガマンできるかを計る競技で、次の北京五輪にも正式に採用されるというもっぱらの噂《うわさ》だよ」

ぜってー嘘《うそ》です。ＩＯＣの人たちがドクロちゃんに脅迫されているとしたら別ですが。

僕が再び大きな溜息をつくと、ドクロちゃんは続けて言いました。

「試合の後でね、互いの顔についたマヨネーズを舐《な》めっこするの！　それがこの種目のルール！　だってマヨネーズ美味《おい》しいでしょ？　桜《さくら》くんも大好きだよね！」

「ええっ？」

顔を舐めあい？　ペロペロと？　あの臓物丸《ぞうもつまる》くらいしか舐めていないようなドクロちゃんの

顔を？　僕が？　おまけにドクロちゃんの巻き舌が僕の顔中をあますところなく？

「い、いいかもね、ＱＰマヨネーズ部……うん、だんだん作るべきもののような気がしてきたよ」

ドクロちゃんはさっそくマヨネーズの蓋《ふた》を開けると、机の上に置いた新品の洗面器に中身をドバドバ注いでいきます。

ああ、キユーピーさんごめんなさい。僕たちはサラダとかにかけて食べないといけないはずの美味《おい》しいマヨネーズをこんなくだらないことに使っています。でも、ちゃんと後で全部食べますから！（↑クレーム対策）

いったい何本のマヨネーズを空にしたでしょうか。まもなく洗面器が縁まで白黄色い液体で埋め尽くされました。

「じゃっ桜《さくら》くん、これ持って。ちゃんと計るんだよ」

差し出されたストップウォッチを反射的に受け取ってしまう僕は心の弱い人間なのかもしれません。

「せーのっ、ぐぽっ」

大きく息を吸ったドクロちゃんは洗面器に顔を埋《うず》めました。白ビキニで背をかがめ、しかもマヨネーズ入り洗面器に顔をつけているその天使の姿は、地上に現出した光景とは思えないほどシュールなものでした。その横でストップウォッチを握りしめている僕。明るい日の差し込む午前中の教室で二人は何をなさんとしているのでしょう。

こうして僕が学術的かつ哲学的な考察を深めようとしていると、
バァン！

教室の後ろの扉が突然開き、僕もよく知っている人物が飛び込んで来ました。

「たいへんたいへん、たいへんですぅ！」

僕に向かってまっしぐらに駈《か》けてくるその女の子は、ドクロちゃんに負けず劣らずのナイスバディ。ぱっちりしていてすこし垂れた金色の瞳《ひとみ》の下にある凄《すご》いクマ。そして頭の左右にはクリーム色の髪をかき分けて、ねじれた羊のような角が二本伸びていて、なおかつその頭上にわっかがあるのがちょっと気になるけど、すごく可愛《かわい》いじゃないですか！　と一巻第一話で詳細に外見描写されている彼女でした。

「そんなに慌てて、どうしたの？　ザクロちゃん」

「サバトですぅ」

「あ、ごめんよ。いまいち読み込めてないせいで誰《だれ》が誰だかよく解《わか》ってないんだ、この作者。まったくこんな奴《やつ》にトリビュート書かせるなんて、頼《たの》むほうもどうかしてるよね」

「そんなことはどうでもいいですぅ！　たいへんなのですよぅ！」

「落ち着いてよ、バベルちゃん」

「サバトですぅ。いいですか、たった今、〝天使《ル》による《ル》神域《テ》戒厳《イ》会議《エ》〟から最重要優先コードの付帯した連絡が入ったんですよぅ！」

「え。それが何か？」

「何かじゃないですぅ！　たいへんなんですよぅ！」

ただでさえ顔色の悪いソドムちゃん……じゃなくてサバトちゃん……でもなくてザクロちゃん……いややっぱりサバトちゃんだっけ？　は、蒼白《そうはく》を通り越して一反木綿《いったんもめん》よりも血の気のなくなった顔で、

「物凄《ものすご》く恐《こわ》くて恐ろしいことが起ころうとしているのですぅ！」

ガタガタ震《ふる》えつつ山羊角《やぎつの》天使は語り始めました。そして、彼女が語ったその恐るべき内容とは→☆☆**ここより先、谷川さんが倒れてしまって断筆です！『ドクロちゃん』担当編集、三木一馬さん、お願いします！**☆☆↓

聴《き》いた途端にメガマウス（深海魚）並の大口を開けて叫びたくなる程凄惨《せいさん》なものでした。今も、サバトちゃんの薄《うす》い唇から訥々《とつとつ》と語られているラストハルマゲチックな展開。それら一部始終を知ったとき、みんなはどんな反応をするでしょうか……。僕は、この危機的状況下にもかかわらず、ふと様々な人たちの様々なリアクションを想像してました。↓☆☆**次は電撃文庫編集長、鈴木一智さん、お願いします！**☆☆↓

「君らはまだ誰《だれ》も気づいていないが、この学園に、いや全人類に危機が迫っているんだ。だから、ぼ、ぼくが出てきたんだ」この、彼だか彼女だか不明のブ（**三木乱入**）ちょ、ちょっとスーさ

んそれ〝ブ○ーポッ○〟のまんま抜粋じゃないですか。いくら担当だからってそれマズイっすよ。え、著者承諾《しょうだく》もとってない？　えぇー!?↓☆☆**次は株式会社メディアワークス社長、久木敏行さん、お願いします！**☆☆↓

（えっつえー、突然のほ――（2字分声裏返り）ご指名ではありますがっは――（3字分声裏返り）一言、ご挨拶《あいさつ》させていただきぃたいとおもいます。エー、我《わ》がメディアワークスにおきぃ――まして、ドクロちゃんといいますか、おかゆ先生におかれえましてわはー（ちょっと声裏返り）……ウゲッ★　以下、メディアワークス社長の挨拶途切れる。というわけでここで問題です。

問題　なぜ、社長の挨拶は途切れたのでしょうか？　三択です。

答え1　まだるっこしい挨拶に切れたドクロちゃんに撲殺《ぼくさつ》されたから。

答え2　上がり性の社長が挨拶前に度胸付けにと飲んだ酒が急激に回って酔いつぶれたから。

答え3　ここでネタが尽きたから。

正解は…↓☆☆**次は株式会社メディアワークス会長、佐藤辰男さん、お願いします！**☆☆↓

えー、久木を次期社長に指名したのは私ですよ。なぜって、いわれてもね。もう20年も前に、彼を面接したのは私なんですよ。当時私は雑誌の編集長をしてましてね。人の紹介で彼が面接に来たんですよ。面接が終わりましてね、こりゃだめかなと思ったんですけど、……。彼が立ち上がってくるっと振り返ってぎこちなく歩いてってガーンんんて、ものすごい音を立てて後ろにあったロッカーにぶつかりましてね、彼。モップやバケツがガランがらんと転げ出てきてそのバケツに躓《つまず》いて、……。そのまま逃げるように帰っちゃったんですよ。あんときゃーおもしろかったなー。まーそんな感じかな、ドクロちゃん。◆↓☆☆**次は谷川流さん、もう一度お願いします！☆☆↓**

うっせえ。俺《おれ》は倒れて断筆中だっつってんだろうが。今現在パソコンのキーボードに突っ伏してピクリとも動けねーしもう一文字たりとも書く気力なんかねーんだよォ。すでにもうボロボロで死にそうになってる俺にとどめを刺す気かー。だいたいこんなグダグダなもん続けて何になるんだハア？何が断筆だサムい鬱陶《うっとう》しい全員くたばれそしたらあっという間に話も終わるだろうがそうしてやろうかあーツマランぜんぜんツマランこんなもんのどこが面白いんだバカじゃねーの首吊《つ》るか手首切れ俺は樹海行くこの際だから言うがお前らのやってることはなぁただ↓☆☆**ここより先、谷川さんが壊《こわ》れてしまって強制断筆です！『びんかんサラリーマン』敏感一郎《びんかんいちろう》役の岩田光央さん、お願いします！☆☆↓**

やおいなんだよ！もっともらしい導入で俺をその気にさせておいて、さんざん引っ張って焦《じ》らしやがって！しかも毎回毎回、ちょっとシチュエーション変えただけで、やってる事同じじゃねーか！ふざけんな‼やおいじゅんいち‼!

おれは本気でマジエスティック12を信じてたぞ。エリア51に落下した円盤が、リトルグレイが保存されていると信じていたぞ！いつか俺もＵＦＯに連れ去られて、宇宙人に金星を見せてもらえるって信じていたんだぞ!!!　ちくしょー！　何がＵＦＯだ！　何がアダムスキーだ！　何がキャトルミューティレーションだ！　なにがインプラントだ！　なにがチャネリングだ！　何がオーパーツだ！　あー、好きさ！　大好きだったさ！　今でもどこかで信じているさ！　たまらなくロマンチストさ！　だからまたやってくれ。俺をその気にさせてくれ!!　もう一回言うぞーっ！　俺はー！、宇宙人をー！、……**ブッ↓☆☆次はジェネオンエンタテインメントプロデューサー、川瀬浩平さん、お願いします！☆☆↓**

（茶をすする）まぁ、何だね、ドクロちゃんですよ。そう、アニメ版ドクロちゃん。いやぁー編集部に迷惑掛けまくったなぁ（しみじみ）なんつーの、ほらこんなアニメなんて１００人以上でやってる仕事で元締《もとじ》めしてるとさぁ、トラブルなんざ日常茶飯事なわけですよ（※編集部注：この後、延々愚痴《ぐち》が４ページ程出てきてますが書けないので割愛）……でね、何がすごいって和田敦のダジャレだね。彼もそろそろ次のステージに行ってもらいたいもんだね。そろそろギター侍並に寒くなってきてねーか？　というわけで、あとは東芝の伊平が何とかまとめてくれるんじゃねーの？　元タツノコプロ文芸部だし。じゃ、そんな感じでヨロシク。さーて、スロでも打ちに行くかぁ、今日は勝つぞ～！**↓☆☆次は東芝エンタテインメントプロデューサー、伊平崇耶さん、お願いします！☆☆↓**

なに？　暑い？　あたり前じゃないですかここサウナですよ。こんなところまでまでついて来て、いったい何の話なんですか？　ＵＦＯ？　ああ、焼きそば。好きですね。カレーみたいにご飯にかけて食べるのが好きです。え？　為替《かわせ》？　外貨保証金取引ならやってますよ。え？違うの？　素っ裸にマイク一本握り締《し》めちゃって大変ですねえ。それ熱くないの？　こっちは昨夜《ゆうべ》も仕事で徹夜《てつや》でね、あまり頭が回ってないもんで。それにこの暑さでしょう？　なになに…あー、そう！　ドクロなのこれ？　そういう大事なことは先に言ってくださいよ。もちろん大好きですね。特に「エロいやらしい」感じがなんとも。は？　そのまんまじゃないかって？何が？　ドクロといえば「エロいやらしく」て「キモぐろい」でしょ？　なんだよ！　そのまんまそのまんまウルサイな。離婚がどうだってんだ。何だよ立つなって。仁王立《におうだ》ちしちゃ悪いのか！　は？　仕舞えって仕舞えるわけないだろ素っ裸なんだからさ！　熱ッ！　てめえ俺《おれ》のマイクにマイクくっつけやが…↓**☆☆次は電撃文庫編集部いきつけの呑《の》み屋『さらさら』店主、相澤清繁さん、お願いします！☆☆**↓

　えっ、ドクロちゃんがどうしたって、何かあったのかい。そうかい、元気なのかい、そりゃー良かった。今度『さらさら』に来た時に木村カエラのCDプレゼントするつもりなんだよ。「スーさんナス」が俺たちの合言葉だよ、特に意味はないけどね↓**☆☆次は『ドクロちゃん』担当編集、和田敦さん、お願いします！☆☆**↓

「君らはまだ誰《だれ》も気づいていないが、この学園に、いや全人類に危機が迫っているんだ。だから、ぼくが出てきたんだ」この、彼だか彼女だか不明のブ（**三木乱入**）ちょ、だからスーさんはもういいですから！　今は和田さんの番！　文章もさっきとまったく同じだし！　え？　最

近、現場仕事から離れてたから嬉《うれ》しくてつい？　もぉー、そんなのいいですからはやくどい↓
☆☆**次は本物の和田敦さん、お願いします！**☆☆↓
ぱぴぉ（以下、ぱぴ）「おお〜い、うにまる〜大変なんだっピ〜！　いきなり変なコト頼《たの》まれてしまったのら〜。ここは一緒《いっしょ》に何か考えてくれ………ピ？」
ぱぴ「——うにまるがいない。長いこと給湯室やっててうにまるがいなくなったことなんて一度もなかったのに……。うにまるの助けのないパピオなんて、『撲殺《ぼくさつ》しないドクロちゃん』『お金持ちで幸せなサバトちゃん』『ダジャレの言わないパピオ』くらいにありえないっピよ。これじゃイナズマみたいにキレがあるいつものパピオトークもニブってしまうってものなのら〜」
ぱぴ「……一人でしゃべっててもツッコミがないので、むなしくなってきたのら〜。誰もが気づいていると思うけど、この小説に危機が迫っているっピよ。おいらは受動的だったたっピょ〜」
ぱぴ「……仕方ないので、いつものように裏情報を流してしまうっピよ。実は先にも出た『スーさんナス』は、他《ほか》の電撃文庫にもたまに登場してくるものなのです。編集長のスーさんが命名したこの料理を食べて感動した作家さんは、自分の電撃文庫の作中などに密《ひそ》かに登場させてくれているっピよ！　今すぐ他の電撃文庫をYOちぇきら〜なのら！」
つづく↓☆☆**次は谷川流さん、最後くらい自分で何とかしなさい。**☆☆↓
「——というわけなんですぅ！」
四百字詰め原稿用紙に換算して二百三十六枚になろうかというくらいに長いサバトちゃんの

説明が終わりました。ページ数の関係で全文をここに載せることができないのが残念です。

「な、……なんだって……!!」

僕はすっかり恐れおののいてしまいました。なぜなら、サバトちゃんが話してくれたその内容、それはもう心の底から震《ふる》え上がるような悪魔《あくま》の所業そのものであり、あまりにも非人道的な全容はゲシュタポも裸足《はだし》で逃げ出すがごとき名状し難《がた》き戦慄《せんりつ》でもって僕の心胆を寒からしめ、一瞬《いっしゅん》にして全身の毛が逆立ち総白髪になってしまうほどに恐懼《きょうく》すべき破戒的な陰謀《いんぼう》にして謀略だったのです。

「まさか……! そんなことが……」

これですべての謎《なぞ》は解けました。日本の少子化と高齢化社会問題、国民年金未納問題、地球温暖化と海面上昇、ニートの急増、凶悪犯罪の増加、某国の核開発、アメリカが次にどの国を空爆するか、次回の自爆テロの標的はどの都市か、東京地検特捜部によるライブドア一斉捜索と証券市場の混乱——それらがすべて一本の線で繫《つな》がっていただなんて! そしてこのまま事態を放置していたら地球全土は未曾有《みぞう》のカタストロフに叩《たた》き込まれることになり九大地獄の最下層よりロクでもない惑星になること確定だなんて!

そんな夢も希望もない未来、知りたくありませんでした。そのような将来が待ち受けているなら今すぐ自殺したほうがまだ人生に展望が持てます。

しかし、サバトちゃんの話を聞いてか聞かずか(って聞いているわけないんですけど)、ド

クロちゃんはマヨネーズたっぷりの洗面器から顔を上げず、

「ぶくぶく、ぶくぶくぶく」

ＱＰマヨネーズ部の部活動に余念がありません。

サバトちゃんは真っ青な顔に汗をダラダラ垂らしながら、両手を揉《も》み絞り、

「何してるですかぁ！　今すぐ何とかしないと手遅れになっちゃいますよぅ！」

「え、でも……」

僕は弱々しく首を振ります。生まれながらの戦闘《せんとう》種族でも何のスタンド能力も持っていない僕にはどうしようもありません。巨悪に立ち向かう勇気ならどうにかして調達できますが、立ち向かっても二秒で死ねます。何と言っても僕は無力なエターナル中学二年生男子に過ぎないのです。

「ぶくぶくぶく」

ドクロちゃんはまだ部活を続けています。これは……！

いい記録が期待できるかもしれません。

とうとうサバトちゃんは、

「ああん！　もう耐えられませんですぅ！」

とか叫びながら走って教室を出て行きました。と、ほぼ同時に、

「ぷはあっ」

やっとドクロちゃんが顔を上げました。案の定、顔から胸元にマヨネーズがしたたり落ちています。水着に着替えていたのは幸いでした。

ドクロちゃんはマヨネーズでドロドロになった顔のまま、会心の笑顔。ちょっと息を荒くしているところが僕のツボにはまります。この表情を覚えておいて今晩のオカズにしましょう。

「つぎ、桜《さくら》くんの番だよ！　その前にボクのタイム、何分だった？」

「あ、ごめん」

僕は慌ててストップウォッチのボタンを押し、

「止めるの忘れてた」

「もうっ！　真剣に計らないと意味ないじゃない！」

ドクロちゃんはちょっと唇を尖《とが》らせて、でも本気で怒ってるんじゃないよ的光線を振りまきながら、僕に近寄ってきます。

「桜くん、拭《ふ》くもの持ってない？」

あいにく今日はハンカチを忘れてきました。それに拭くまでもないことです。お顔についているマヨネーズなら僕が舐《な》めとってあげるのに。

ドクロちゃんは可愛《かわい》く、

「あ・と・で♥　マヨネーズが目に入っちゃったから、そこだけだよ」

そう言うとドクロちゃんは僕の制服に顔を擦《こす》りつけようとしてきます。僕としましては、衣服がマヨネーズまみれになってしまっては困るというのと、あくまで舌でとってあげたいので拒否するしかありません。

「ダメだよ、ドクロちゃん。せっかくのマヨネーズがもったいないよ」

しかしドクロちゃんは強引です。いざとなれば殺人も辞さない彼女を言葉で押しとどめることなど到底できようはずもないのでした。でもここは、せめてもの抵抗を！

しばらく僕と揉《も》み合っていたドクロちゃんの頭が僕の目の前からフッと消えました。しゃがみこんだドクロちゃんは、今度は僕のズボンに顔をすりすりしようとしています。僕は彼女の頭をやわらかくつかんで押し戻そうと――。

その時でした。

パタリ。

床に教科書を落としたような音がしたので振り向くと、教室のドア付近に僕のクラスメイトたちが鈴なりに立っていて、そのうちの一人が床に教科書を落としていました。

「え……？」

僕の脳細胞が眼前に広がる光景を認識する前に、僕の耳にチャイムの鳴る音が届きました。

「う……？」

どうやらサバトちゃんのムダに長ーい解説を聞いているうちに、前の授業が終わっていたようです。てことは一時間近くもドクロちゃんは洗面器に顔をつけていたのでしょうか？　ストップウォッチを確認しようかと思いましたが、いまさらどうでもいいことなのであえてしないでおくことにします。もともと整合性なんか気にしてたら主人公なんかやってられないですし。

ですが問題はそんなことではないのです。どうしてかと言うと——。

全員の目が捉《とら》えているのは、ねっとりとしたマヨネーズで顔を汚し、僕の腰に抱きついて顔を僕の脚に押し当てているドクロちゃんなのです。

ざわざわ——と、クラスメイトたち（主に女子）が。

「顔射……？」「顔射ね」「草壁《くさかべ》くんがドクロちゃんを下着に剥《む》いて顔射を……」「なんてこと……」「神聖な教室で、草壁くん……」

なにやら手ひどい勘違いをなさっておられるようです。もう、何というか。最低のシモネタです。ナニコレ？　ナイーブでピュアなハートを持つ中高生が読むべき健全なライトノベルレーベルで、こいつはいったい何を書いてるんでしょうか。本当にすみません。

ざわざわ。

「変態……？」「変態ね」「そうか草壁くんは変態だったんだ……」「やっぱり……そうだったのね」「超々キショイ」

ざわざわ。

「違う違う違うって！」

と、僕は弁明にかかります。このままでは変態の烙印《らくいん》を押されてトホーな一生を過ごすことになりかねません。そんなことになったら……絶対彼女なんかできません。静希《しずき》ちゃんと今後送るはずの楽しく明るい家族計画が耐震《たいしん》強度偽装ビルなみに崩壊《ほうかい》です。このクソッタレなデマカセが真実になる前に対処しなくてはっ！

「誤解だよっ！　誤解、冤罪《えんざい》、幻覚！　見間違いなんだ！」

僕はなんとか脚に張り付いているドクロちゃんをあっちにやろうと、くそ！　離れやしねえ！　努力しながら、天使のアホ面《づら》に付着しているニュルニュルしたマヨネーズを指ですくい、みんなにむけて突き出しました。

「ほら、これ！　マヨネーズなんだ！　決して男の子のナニの先っちょから出るアレじゃないんだよ！　ほらほら、舐《な》めてみれば解《わか》るよ！」

ざわざわ。

「舐めろですって」「変態……？」「変態ね」「マヨネーズを顔にぬりたくるなんて普通ありえないもの」「やっぱり……」「アレよね」「最悪」

ざわざわ。

泣きそうです。誰《だれ》か！　誰か信じてくれそうな友はいないのか！　僕は同性のよしみで援護してくれそうなクラスメイトに呼びかけます。

「信じてッ！　松下《まつした》ッ！」

「宮本《みやもと》だ。もう何年も中二を繰《く》り返してるんだから、いいかげんクラスメイトの顔と名前くらい一致させとけよ」

「だから違うんだって！　親友のキミなら僕の無実を信じてくれるよね？　松田《まつだ》くん！」

「宮本《みやもと》だ。悪いが、教室で女の子に顔射キメるような男の親友になった覚えはないな」

そしてこんな時に限って、ドクロちゃんは目をうるうるさせつつ、頬《ほお》を染めてそっとうつむいたりするのです。

「ボク……、イヤだって言ったのに……、桜《さくら》くんがムリヤリ……」

「ムリヤリ何!?　僕が何したって言うの!?」

ざわざわ。

「最低……」「最低ね」「草壁《くさかべ》くん、ＡＶ見過ぎよね」「ホント、どうして男ってあんなものかけたがるのかしら」「やられてるこっちはちっとも気持ちよくないのにねー」

ざわざわ。

ドクロちゃんは目元に手を当ててハラハラと涙をこぼし、

「しくしく……」

わざとらしく口でそう言いながら、みんなに気づかれないよう指の間から僕を見上げてニヤリと嗤《わら》いました。

嘘《うそ》泣きだー!?　いつのまにこんな高等テクを習得しやがったんだ！　ちきしょう、このシチュエーションで泣かれたら男の僕にはもうどうすることもできません！

「だいじょうぶよ、ドクロちゃん」

と、南《みなみ》さんが優しい声で言っています。

「狂犬病の犬にかまれたようなものだと思って早く忘れるの。いいメンタルクリニックを知ってるから紹介するわ」

フォローになってるのかなってないのか解《わか》りませんが、クラスメイトたちは男女問わずH20の『想《おも》い出がいっぱい』を唱《うた》いながら後ずさって行きます。

「待って！　ハミゴにしないで！　僕まだ大人の階段のぼってないよ！　マジで！」

その時、僕は一人のクラスメイトがじっと黙《だま》って立ち続けているのを発見しました。静希《しずき》ちゃんです。そうです、彼女なら解ってくれるはずです。

「聞いて静希ちゃん！　僕の話を！　かなり厳しい話になるかもしれないけど僕の本音を聞いておいてお願いだからっ！」

「触らないで」

ぴしゃっと僕の手を打ち払い、ボソリとつぶやくように、

「……死ねばいいのに」

それだけ言って静希ちゃんはスタスタと歩き去ってしまいました。最悪ー！　僕最悪です。

がっくりうなだれる僕にはもう何も残されていません。夢と希望と友情と将来の伴侶を一度に失ってしまいました。自分の部屋に帰ったらきっとカーテンもありません。生きてすみま

せん。

「ドクロちゃんお願い！　いつものように僕を撲殺《ぼくさつ》して！　もういっそ殺して！　今ならぜんぜん生き返らなくてもいいから！　永遠の眠りにつきたいから！」

しかしドクロちゃんは嘘泣《うそな》きを続行しつつ、僕に向けてニコニコとした悪魔《あくま》のような笑みを向けてくるだけでした。なんという外道《げどう》天使でしょう。

こうなったら最後の手段です。

「うわあああああああっ！」

僕は教室を飛び出し、廊下を駆け抜けてみんなを追い越し、叫びながら走りました。

「サバトちゃんどこ⁉　戻ってきてさっきの話の続きを聞かせて！　今なら僕なんとかなりそうだから！　ていうかそっちの話のほうがマシだから！　ここには僕の居場所はないんだ！　僕はここにいちゃダメなんだ！　どこへでも行って誰《だれ》とでも戦うよ！　サバトちゃーん！」

そして月日は過ぎ――。

「久しぶりだな。この学校に来るのも……」

僕は懐《なつ》かしい気持ちに浸りながら、我《わ》が母校の校門をくぐりました。登校するのはちょうど一年ぶりです。

あのマヨネーズ騒動《そうどう》の後、サバトちゃんを捕まえて世界を巻き込む世紀の大謀略《だいぼうりゃく》の詳細を聞き出した僕は、その足で空港に行き日本を後にしました。もちろん、巨大な悪に立ち向かい、地球を死滅した星にしようとする邪悪な敵を討ち滅ぼすためです。あの時の僕は死ぬ気でした。ドクロちゃんが殺してくれないなら自ら死を選ぶ気まんまんでした。しかしこうも考えたのです。死ぬ気になったら何でもできるんじゃないだろうか。

それは本当でした。人間、死ぬつもりでやったら何とでもなるものです。僕は見事、世界を破滅から救い、諸悪の根源を打倒し、地上にミレニアムに続く平和をもたらすことに成功したのです。思えばこの一年いろいろありました。いろいろありすぎて詳しく述べることはできませんが、海外で一年間を過ごした僕の冒険活劇は、そのうち『撲殺天使ドクロちゃん外伝　草《くさ》壁《かべ》桜《さくら》英雄伝説』全十巻（予定）で語られることになるので楽しみにしていてください。

「変わってないなぁ、この風景……」

ゆっくりと僕は教室に歩を進めました。向かう先は、もちろん二年A組です。心配しなくてもこの小説のキャラは歳《とし》を取ったりしませんから、一年経《た》っても僕は二年生、みんなも同じクラスにいるのは決まっていることなのです。もし僕らが進級し出したりしたら最終回が近いのだと思ってくれてけっこうです。

爽《さわ》やかな朝の空気を肺いっぱいに吸い込みながら、僕は二年A組に辿《たど》り着き、扉を〈がらり〉と開け放ちます。

「え……？」

そこにあったモノに言葉を失います。

なぜなら、教室内では、パジャマを脱いで、スカートの前にくつしたをはこうと足をイスに乗せたドクロちゃんが

★n★

☆☆ここからおかゆさん、復帰して執筆再開です！☆☆

「よかったね桜《さくら》くんっ！」

いつもよりだいぶ早すぎる帰り道、アルカディア商店街。時刻は十二時を過ぎて間もない頃《ころ》でしょうか。隣《となり》を歩く天使の少女はうきうきと両手いっぱいのマヨネーズを抱きしめています。

「よかないよこんなのは……！」

　僕はため息をついて肩を落とし、うなだれます。

　——あの後、僕は逃げるようにして「ああッ！　ドクロちゃんこんなにも熱が!!　だから家で寝ててって言ったのにー！」叫んでから天使の少女のおでこをさわり、「今家には誰《だれ》もいないんです！　僕、送っていきますから!!」と、早退手続き。こうして家路についているのです。若い二人はこのような手段でしか、あの場を収拾するコトができませんでした。

「ねぇねぇ桜くんっ。おなか、すかない？」

　てくてくとコチラに歩み寄る彼女は、お皿を空っぽにしてしまった子猫のように僕を見上げます。そういえば、僕らは給食を食べそこなっているのです。

「しかたないなぁ……じゃあ、補導されないように気を付けながら、どこか寄る？」

★

　僕とドクロちゃんがやってきたのは家の近所にある児童公園、アバランチ公園。

　ベンチの横を見れば、そこにあるのはお昼ご飯用の、一斤分の薄《うす》切《ぎ》り食パン。

「こんなに買って……」

　そして隣に座った天使は、

「ねえもっといっぱい、いっぱいぬってよぅ～！」

僕が持つマヨネーズ塗り中パンに厳しい注文をつけてくるのです。

「だってドクロちゃん見てよ、もうマヨネーズ、一センチ近く塗ってあるんだよ？　土台のパンより厚いじゃん！　これじゃマヨネーズ食べてるんだかパンを食べてるんだかわからない！もう充分でしょ？　我慢なさい！」

「桜《さくら》くん、なんかお父さんみたい」

「いいからこれをお食べ。ほら、あーん」

僕はむりやり、彼女の口の前にパンを持っていきます。少女は「えへぇっ」と微笑《ほほえ》み、おくちをあーんします。

その時、

「あっ」

予想外のマヨネーズの重みに、たわむ食パン。それは手のひらからこぼれ落ち、

〈べたぁっ〉

「ひゃん！」

天使の少女の制服へと、マヨネーズ面を下にして付着してしまうのです！

「あぁあ……ッ、ごめんドクロちゃん！　す、すぐに――――！」

「やっ、はあぅ、桜くんっ！」

「ぬぁああッ!?　ちょッ！　なにこの手のひらの感触ぅ……ッ!?　そ、そうか！　膝《ひざ》の上へ落

ちるハズだったパンは、しかしドクロちゃんのふくらみに、つまり胸に引っかかって止まって、僕はそのパンをどかしてマヨネーズをぬぐったんだ!!　つ、つまり……!」

今や胸元を押さえ、光と感情を無くした瞳《ひとみ》で僕を見上げる天使の少女。

「さわらレ……た。また、さくラくんに、ボクのムねを、つヨく——!」

「ま、待ってドクロちゃん!?　落ち着こう?　ねッ!?　話し合おう!　対話で僕達《たち》は解《わか》り合えるハズだ!　ほら、キミの大好きなマヨネーズさんの前なんだよ!?　だめだよ!　エスカリボルグで叩《たた》かれたら僕から僕ネーズが出ちゃうッ!　断じて暴力では、バットではなにも解決できなべるぉあっ」

ぴぴるぴるぴるぴぴるぴー♪

水島努の場合

～前略～

「ばか！　宮本《みやもと》のバカ！　おまえがバカなばっかりに！　僕の宿題がマチガイだらけ！」

「うるせえ馬鹿《ばか》!!　これでも前よりよくなったんだ！　文句があるなら俺《おれ》もう行くからな！」

「お、置いてくなよ！　くわ……——あ、よし、終わったあ！　終わり終わり！　まってよ宮本～！」

早歩き、僕は宮本に追いつき、一緒《いっしょ》に廊下を進みます。よく考えてみれば、数学の宿題だって結果が全《すべ》てじゃないのです。努力、それこそが大事なんだと思いますよ。

「まったくなぁ、俺の宿題を写すなんて桜《さくら》、お前ホントに末期的だぞ?」

「そういや、社会科教室ってどこだっけ？」

「聞けよヒトの話を。……って、まて、社会科教室？　なに言ってんだ。三時間目は音楽室だ

★1★

キャンペーンガールな
ドクロちゃん

ぞ？」

「は……？　え、だって僕、社会の教科書とノートを持ってるよ？　ほら」

僕は手に持っていた社会科セット、資料集まで見せつけるように掲げますが、

「それはお前が間違えてんだ、ほら」

宮本は、薄《うす》い音楽の教科書と縦笛をコチラに見せつけます。

「じゃ、じゃあ教室に戻らなくちゃ！」

僕は急いで、駆け足の態勢になります。そして、

「…………なんで俺をじっと見てんだよ！　行ってこいよ一人で！」

「いくじなし！」

捨てぜりふを残して教室に走ります。

「うるさい！　俺は先に行ってるからな！」

背中で宮本の声を聞きながら、僕は二年A組に辿《たど》り着き、扉を〈がらり〉と開け放ちます。

「え……？」

そこにあったモノに言葉を失います。

なぜなら教室内では、パジャマを脱いで、スカートの前にくつしたをはこうと片足をイスに乗せたドクロちゃんが↓☆☆**ここより先、おかゆさんに代わって水島努さん、お願いします！**
☆☆↓ちょっと待って下さいよ聞いてないですよ何かの罰ゲームですかあわかったあドッキリ

でしょ違うのマジでマジで書くんですかそりゃあ確かにねはるか昔に小説書くみたいなコトを言ったような言わないようなでも随分前の話だしおまけにべろんべろんに酔っぱらってたからつい偉そうに全然オッケーなんて軽口たたいた気もしますけどまさかねえ本当に書くことになるなんてねえ夢にもえっもう広告打っちゃったあちゃーあそうだこうしましょこうしましょ口述筆記口述筆記じゃダメですかダメなんだそうなんだふうんはいはいわかりましたよもう言っとくけど知りませんよちゃんと校正して下さいよわたしひらがなとカタカナ以外ダメなんだしあと点とか丸とかってなんて言うんでしたっけあー句読点って言うんですねその句読点とやらを入れる場所すらよく。わから、ないんですか。ら。ちょっとそんな恐ろしい顔で睨《にら》まないで冗談ですようやだなあそんなにていねい語で怖いコト言わないで回収業者じゃないんだからもっと笑顔でもっと楽しい話しましょうよアニメ一緒《いっしょ》に作った仲じゃないですかナアナアでやりましょうよアニメの時みたいに何でそんなに真面目《まじめ》なんですかひょっとしてあのこと怒ってるんでしょ三木《みき》さんのことラジオでチャラいって言いまくったことあははごめんなさいシャレですよ三木さんがチャラいわけないじゃないですか私のキャラづくりじゃないですかでも言ったのオレだけじゃないっすよ伊平《いびら》さんも川瀬《かわせ》さんもおかゆさんも千葉《ちば》さんも和田《わだ》さんもはいはいやりますよていうかやらせていただきますでは本編はじめます。

洋ピンや週刊大衆の古いヌード写真を思い起こさせる、団塊の世代には懐《なつ》かしく、若い男の子にとっては新鮮な、得も言われぬポーズで立っていたのでした。

「おわ！」

桜《さくら》くんは、一瞬《いっしゅん》の喜悦（いいもの見たぞ、ひゃっほう）のあと、ひたすら長い長い悔恨（しまった殺《や》られる）に心を支配されました。

このままでは桜くんは撲殺《ぼくさつ》されてしまいます。それなのに桜くんは艶《つや》やかな肢体のドクロちゃんを前に、まったく動けませんでした。では何故《なぜ》動けなかったんでしょう。国語の教科書みたいで大変恐縮なのですが、次のいくつかの仮定の中から、桜くんのその時の心理状態を選んで下さい。

その一。恐怖で腰が抜けたので、動けなかった。追加オプションとして、失禁することもありますよね。さらにそれ以上もありますがね。

その二。虚をつかれて、判断力を失い、何をしていいかわからなくなった。マニュアル主義な人や、ちょっと頭の弱い人が、陥《おちい》りやすい状態です。

その三。知らず知らずのうちに、痛みを伴う撲殺が病《や》み付きになっていたので今の状況を受け入れようとしていた。いやむしろ望んでいた。ざっへるマゾっほの人。

その四。死を回避《かいひ》することよりも、ドクロちゃんの裸体を見る楽しさの方を優先した。つまり、刹那的《せつなてき》ということです。若い人にありがちな浅はかな考え方ですね。

その五。目前に迫った死を前にして、何もかもが虚《むな》しくなった。死から逃れることですら、嫌になってしまった。非常にペシミスティックなものの考えかたです。大体においてこの手の思想の持ち主は、まわりの人々からひんしゅくを買います。その手の考えの方は、黙《だま》っていた方が得策です。

それではみなさん、答えは一体どれでしょう?

ジャン!

正解はありません。

考え方によっては、全部正解とも言えます。怒った人にはごめんなさい。でも、登場人物の心理状態を勝手にひとつと決めつけるのは、とても傲慢《ごうまん》なことだということをわかって下さいね。たかが国語の教科書ごときが、グレゴールザムザの心理を三択から選ばせようとする学校教育の方がおかしいのです。みなさん、先生にだまされちゃダメですよ。答えはひとつじゃないのです。閑話休題が長引きました。さあ、気を取り直して先に進みましょう。

「いやあああああああああああああぁぁぁ!!!」

と言う、聞きなれもしたし聞き飽きた感もある絶叫とともに、ドクロちゃんはエスカリボルグを振り上げました。

(まってよドクロちゃんまってよドクロちゃんまってよドクロち)

即身仏《そくしんぶつ》になるために穴に入ってちりんちりんと鈴を鳴らすお坊さんの念仏の様に、桜《さくら》くんは弁解のことばを延々と、こころの中で繰《く》り返しました。

しかしそんな桜くんの心情を汲《く》みとることなく、トゲ付き斬鉄剣《ざんてつけん》が桜くんの頭に振り下ろされました。空気を切り裂く矢叫びにも似た細くて鋭い音が聞こえ、桜くんは思わず目をつぶりました。そして、微塵《みじん》のためらいすら見せず唐突かつ乱暴にやって来る、激痛とそのあとの静かな死を意識しました。

……………などと、死の前の描写をくどくど書くと、いつもの撲殺《ぼくさつ》シーンとは違う状況がこのあと待っているに違いない、とみなさんはお思いかも知れません。

残念でした。

いつもの様に桜くんは撲殺されてしまったのです。普通です。すみません。

ぐわごらぎょらびゅしーん！

ドカベン岩鬼《いわき》のジャストミートをはるかに越える、倍音にまみれた破壊《はかい》と破裂の音が教室いっぱいに響《ひび》きわたり、そして残響音《ざんきょうおん》の減衰とともに、あたりは静寂につつまれていきました。

「ああっ桜くん、ごめんなさい！」

小汚いオッサンでは絶対に許されず、美少女キャラだからこそ許されるこの台詞《せりふ》とともに、ドクロちゃんはマジカルステッキのごとく華麗《かれい》にエスカリボルグを回転させました。あたりはアフターエフェクトでつくったと思われる美少女フレアーに包まれました。

ぴぴるぴるぴるぴぴるぴ……

と、そこに、

「ドクロちゃん酷《ひど》いザンス！」


ぴゅっ♪


ドクロちゃんはびっくりして妙な叫び声を上げました。

何と言うことでしょう。

ドクロちゃんがまだ呪文《じゅもん》を言い終わる前に、突然ザンスが何故《なぜ》だか下半身丸出しの状態で現れて復活の儀式《ぎしき》を邪魔《じゃま》してしまいました。ドクロちゃんと桜《さくら》くん（の肉塊）の今の状況をわきまえずに、どことなく田代《たしろ》まさしと同じ雰囲気《ふんいき》と風体《ふうてい》を持ったザンスは、一方的にまくしたてました。

「何でミーの秘蔵コレクションをネットに晒《さら》すザンス！　このままではミーの撮った写真がお上の目に留まってしょっぴかれて刑務所に入れられて屈強なとらわれびとたちに恐ろしい性的いたずらをそれもワセリンなしでされてしまうザンス！　それだけはイヤザンス！」

ザンスのおかげで、ドクロちゃんは呪文を最後まで言い切ることができず、かわりに驚《おどろ》きの

声を発し、結果として、

ぴぴるぴるぴるぴぴるぴるぴゅっ♪


という何となく恥ずかしい擬音《ぎおん》が出来上がりました。

このフレーズはただの擬音ではなかったのです。いつもの擬音とたいして違いはないのですが、それは絶対に発してはいけない言葉だったのです。

「しまった！」

ドクロちゃんはおのれの失敗に気付きました。

突如として地上は、でろでろした暗雲につつまれました。ぴしゃぴしゃあっと遠くでカミナリの落ちる音が聞こえます。心地よくない、なま暖かい風が吹き出しました。微妙に魚くさい気がします。どこからともなく、うなり声にも似た笑い声が聞こえてきました
「うぅ～ふ～ふ～ふ～ふ～ふ」

「うぅ～ふ～ふ～ふ～ふ～ふ」

「うぅ～ふ～ふ～ふ～ふ～ふ」

声の主の姿は見えません。ザンスは見回しながら聞きました。

「何？　何ザンスかこの声は？　ドクロちゃん！　何が起こったザンスか？」

「ボク、大変なことをしちゃった！」

「当たり前ザンス！　ミーの将来の夢は、誰《だれ》にでも愛される変質者になることだったザンス。それなのにミーの人生をメチャクチャにするなんて、一体どういう了見ザンス！　お返しにドクロちゃんの体をメチャクチャに」

ザンスの言葉をさえぎって、ドクロちゃんはキャラに似合わないシビアな声で言いました。

「『ぴぴるぴるぴるぴぴるぴゅっ♪』は今、最も出てきてはいけないモノを呼び出す禁断の呪《じゅ》文《もん》なの！」

「ええっ！　ドクロちゃんそれはホントなの!?」

いつの間にか（便利な言葉です）ドサクサで復活していた桜《さくら》くんが、ドクロちゃんに聞き返しました。

「てことは、一体何が!?」

「わからない！　その出現するものはそのＴＰＯに準じて、最もそぐわないモノが出てくるの」

「それって例えば会社の隠し倉庫に税務署職員とか池田屋襲撃《しゅうげき》の時に出川哲朗《でがわてつろう》とか家族の団らんにチッチョリーナとか、ってこと？」

「たとえが今ひとつな気もするけど、おおむねそういうこと！」

床がひび割れ壁はガラガラと崩れ落ちました。

「うぅ〜ふ〜ふ〜ふ〜ふ〜ふ」

「うぅ〜ふ〜ふ〜ふ〜ふ〜ふ」

四方八方からサラウンドで聞こえる忍び笑いにも似たダミ声は、

「うぅ〜ふ〜ふ〜ふ〜ふ〜ふ」

そう、例えるならまるで未来から来たネコ型ロボットの様でした。ちなみに２００５年３月までのほうです。

そしてその容姿は、声のイメージを裏切ることなく、というより裏切ってほしいところだったのですが、未来から来たネコ型ロボットだったのです。文章だからいいものの、絵やアニメだったら一発でアウトの姿です。万が一、向こうから訴訟を起こされたりしようものなら、かなりの長期戦を覚悟せねばならないでしょう。こういう時、絵とは違って小説って楽ですね。見せなきゃいいんですもん。それにこれが、本当にアレなのかどうかはわかりません。似ているけど違うモノ、ということもありえますから。

「[redacted]くんダメだよ？」

「しょうがないなあ〜[redacted]くん」

「こんかいだけだからね[redacted]くん」

さあ、もう逃げられませんね。編集部は大変だあ。

やばい言葉を発しながら、青いロボットの姿をしたロボットが、昔のＣＧの様なアニメ的に言うならば中割りの詰め指示を無視された動画の様な緩慢《かんまん》とした動作で近づいてきます。

★編集部注：作品内に一部相応しくない描写がございましたので、割愛させて頂きます。

「ちょっとドクロちゃん、どうしたらいいの⁉」

「ボクにもわからないの！」

「わからないって酷《ひど》いよドクロちゃん！　天使なんでしょ！　天使は世界を守る存在なんじゃないの⁉」

「そういう安直な考えが、子供達《たち》を軟弱にさせるのよ！　依存癖《いぞんへき》はダメだよ！　子供も読んでるんだから！」

萌《も》え&エロアニメばっかり見ていたせいで、青いロボットの元ネタを知らないザンスはふっと笑って身構えました。

「こんなずんぐりむっくりな姿をしているザンス。強いワケないザンスよ！」

ザンスは青いのに向き直り、そして駆け出しました。

「おりゃあああザンス！　くらえピーピングパンチ！」

悪魔《あくま》は一斉にお腹《なか》のポケットから道具を、局から納品を拒否されてしまいそうな強烈な明滅、いわゆるパカ、とともに取り出しました。

「にアけコぷにゃー！」

青い悪魔たちはユニゾンでその道具の名を叫びましたが、滑舌が悪いためドクロちゃんたちには聞き取れませんでした。その道具の形状は、例えるなら竹とんぼに似ていました、ていうかまんま竹とんぼでした。無数の竹とんぼがザンスの体にはりつき、その何本かは体の敏感な部分にまでピッタリとやさしくかつ乱暴に収まりました。竹とんぼが回り出しました。ザンスの体がゆっくりと浮上していきます。

「何をするザンスか？　ちょっとドクロちゃん桜《さくら》くん、見ていないで助けるザンス。ミーはもう、恐ろしいのと痛いのとこそばゆいのと気持ちいいのが重なり合って妙な気分ザンス！　気が変になりそうザンス！」

竹とんぼは短いホバリングのあと、ザンスを抱えたまま床面と平行移動を始め、そのまま窓ガラスを突き破って外へ出て行きました。

「どこに連れて行くザンス！　やめろ！いや、やめてザンス！　いたいいたいきもちいい！振動が振動がっ！　おほほほほあんまり振動を与えると……あっ」

ザンスは竹とんぼに抱かれたまま、変態村の方角に消えていきました。

「また見てね～」

「また見てね～」

「また見てね～」

手を振りながらザンスを見送っていた青いロボットたちは、ぎゅんっとドクロちゃんと桜くんに視線を注ぎました。

「うぅ～ふ～ふ～ふ～ふ～ふ」

「うぅ～ふ～ふ～ふ～ふ～ふ」

「うぅ〜ふ〜ふ〜ふ〜ふ〜ふ」

ゆっくりした足取り（本当は浮いているらしいのですが定かではありません）で、青い悪魔《あくま》たちはドクロちゃんと桜《さくら》くんを包囲する輪をせばめていきました。そして、お腹《なか》のポケットをまさぐり始めました。さあて、何を出すのでしょう？

「え〜す〜か〜り〜ぼ〜る〜ぐ〜」

おっと、意外なものを出しました。

「あれぇドクロちゃん。エスカリボルグはドクロちゃんの専売特許だよね。何でこの2112年生まれのロボットみたいな存在はこんなモノを持ってるの？　もしかして未来の世界では、エスカリボルグはみんなが持ってる定番アイテムなの？」

「ううん。エスカリボルグはボクだけのモノだよ。きっとこれは偽物《にせもの》だよ」

「てことは、こいつらが持ってるこれは、全部パチもん？　あぶない！」

ばひゅっと音がして、青い連中はエスカリボルグに似たものを桜くんに向かって振り下ろしました。桜くんはギリギリでかわし、エスカリボルグもどきは床を突き、半径六メートルの床を一瞬《いっしゅん》のうちにガレキに変え、大きな穴が開きました。

「ニセモノなのに同じくらいのパワーがあるよドクロちゃん！　いやむしろオリジナルより破壊力《はかいりょく》がありそうだ！」

「ブランドのコピー商品の方が本物より丈夫という理屈とおんなじだね桜くん！　誤解される

のを怖《おそ》れずに言うのなら」

「それ絶対に誤解されるってば！　コピー関連はアニメ出版業界ではタブーのネタだよ！　とにかくそういうやばいネタはやめて逃げよう！」

「逃げようって中国へ？」

「何で中国なの？」

「だってあそこへいけば、海賊版天国なんだから怖くないでしょ！」

「そういうこと言わないの！」

「クレヨンしんちゃんなんてまがいもんの方が先にマルCを取ったんだよ」

「それ以上は言っちゃダメ！　メディアワークスに迷惑がかかるから！　とにかく逃げよう！」

　桜くんはドクロちゃんの手を取って、床に開いた穴に飛び込みました。

「まーてー」

「まーてー」

「まーてー、[redacted]～～～[redacted]～！」

　何故《なぜ》か太ったいじめっ子ボイスになった青い面々は、竹とんぼを頭に乗せて、ドクロちゃんたちのあとを追いかけました。ドクロちゃんは桜くんのえり首を持って無我夢中で走りました。

　桜くんは引きずられ、マカロニウエスタンで馬に引かれるメキシコ人（ネイティブアメリカンの時もあり）の様にボロボロになってしまいました。

★編集部注：作品内に一部相応しくない描写がございましたので、割愛させて頂きます。

ドクロちゃんは桜《さくら》くんを連れて、はるか彼方《かなた》へと逃げました。北の半島を越えカレー帝国を縦断し、軍曹殿の「一緒《いっしょ》に戦おう」との誘《さそ》いを涙で振り切って、とうとう練馬区のとある空き地へと迷い込みました。

「ドクロちゃんと桜くんじゃないですかぁ！　お久しぶりですぅ～」

空き地の三本の土管のうちの一本の中から何事かと出てきたのはサバトちゃんでした。ある意味、とても良く似合っていました。

「サバトちゃん？　どうしてこんな所にいるの？　サバトちゃんの住まいは河原の段ボールハウスのはずだよ？」

不思議そうにしているドクロちゃんにサバトちゃんは言いました。

「DVD四巻のエピローグを見てないんですかぁ？　サバト、河原の近隣《きんりん》住民のみなさんに怪しいホームレスとして通報されて、おまわりさんと警察犬に囲まれて川に飛び込んで、戦闘《せんとう》へリの追跡をかわしてここまで逃げてきたんですぅ～そんなことよりドクロちゃんと桜くんは何しに来たんですかぁ？　愛の逃避行《とうひこう》ですかぁ？」

「んなわけないでしょ！　ってマジに返すトコじゃないけど！」

ドクロちゃんに引きずられてやって来た桜くんは、ナイスタイミングで起きあがりました。

しかしそれ以上にナイスタイミングで、青い衆が登場しました。それぞれがエスカリボルグを両手で持ち、上段で構えながらロボットとは思えないほど慎重なすり足で、ドクロちゃんたちの包囲網を徐々にせばめてきます。

「きみってやつは～」

「きみってやつは～」

「きみってやつは～」

ドクロちゃんと桜くんとサバトちゃんは互いに死角がないように背中をくっつけあいました。

「サバト、追われるのは警察だけで充分ですぅ～。何でサバトもいっしょに襲《おそ》われなきゃならないんですか、このド[redacted]…」

「わあああああああっ！　ダメだよサバトちゃん、それ以上は言っちゃダメ！」

「そうだよ！　メディアワークスどころか、角川グループ全体に迷惑がかかるんだよ！　『撲《ぼく》殺《さつ》天使ドクロちゃん』はいいとして『大魔法峠《だいまほうとうげ》』まで読めなくなるんだよ！　それでもいいの!?」

「まあそれはともかくとして、これからどうしよう！　ドクロちゃん、どうすればこの青々とした集団は、立ち去ってくれるの？」

「だから退散する呪文《じゅもん》なんてボク、知らないよ！　ボクは『ぴぴるぴるぴるぴぴるぴ～♪』オンリーなんだから！　あ、あともうヒトツあった！」

「え、何何!?」

ドクロちゃんはくるっと回って語尾上げで言いました。

「『にょきすく～』」

★編集部注：作品内に一部相応しくない描写がございましたので、割愛させて頂きます。

「だあああああ!! それは呪文《じゅもん》じゃなくって挨拶《あいさつ》じゃん! そんな言葉でドラ、じゃなかったとってもキュートなブルーロボッツを消すことなんて出来ないって! それにダメだよ、アニメと小説をごっちゃにしちゃ! その言葉はアニメのドクロちゃんの中の人である千葉《ちば》さんが」

「千葉?」

ズゴゴもの凄《すご》い地鳴りとともに、何やら尖《とが》ったものが出てきました。ドクロちゃんたちと青いモノたちは、追う者追われる者という立場を忘れてその光景に見入りました。

「地面からロケットがせり上がってくるよ!」

「違いますぅ~これはロケットじゃないですぅ~お城ですぅ」

「しかも西洋のお城みたいだよ! あ、これよく大久保とか地方都市のはずれの峠《とうげ》とかにある、ご休憩ご宿泊とかかいてあるヤツ! ダメだよ桜《さくら》くん! まだ早いよ」

「そうですぅ~、これはきっと桜くんのもんもんむらむらしたりびどーが作り出した……」

「ぼくは何もしてないよ! ていうかこのお城、そこら辺にあるいぶかしいホテルとは違うよ! どこかで見たことある!」

「確かにコレ、見た覚えがあるよ。何だっけ?」

三人は同時に思い出しました。

「あ、確か千葉の」

「そっか千葉つながりか！」

「意味ねー！」

突然、お城の窓という窓から光が放射されました。城を囲んで電飾びかびかのファニーでファンシーな車が回ります。ふんじゃーふんじゃーのリズムに乗ってメロディが流れます。

ぷんぷくぷんぷんぷんぷんぷぷぽろろろぷんぷくぷくぷくぷぷぷぽろぽろぽろぷんぷくぷんぷんぷんぷぷぽろぽろたりらいらいらいらりらりらりらん♪（ダカーポ）

これは円錐型《えんすいけい》の携帯から流れるドクロちゃんのテーマではありません。説明しにくいのですが、千葉の浦安ではお馴染《なじ》みの漢字で書くなら電子的行進曲です。城の正門が開いてでてきたのは、そう、

世界で一番有名な「ネズミ」。我らが「[redacted]」だったのでした。

わははははは、ばんざーい。

そのネズミは手を上げ、常人より二オクターブくらい高い声で言いました。

「ヤー、ミンナー！」

「ヤー、ミンナー！」

「ヤー、ミンナー！」

ネズミが何かを投げました。桜くんはそれが何かを悟り、とっさにドクロちゃんとサバトちゃんを両腕にかかえて伏せました。ネズミの投げたものは手榴弾《しゅりゅうだん》でした。ＷＷＥ仕込みの「フ

★編集部注：作品内に一部相応しくない描写がございましたので、割愛させて頂きます。

レンドリーに見せかけて不意打ち」に怒った青い軍団が空中から空気砲で反撃《はんげき》します。アメリカはイリノイ州生まれのネズミと、日本を代表する未来よりの練馬産ロボットは、国の誇りをかけて戦いました。書くのがめんどくさいので書きませんが、それはもう、壮絶な死闘《しとう》となりました。機動力を使った青と、人海戦術を得意とする白黒の対決は、序盤こそ互角だったものの情報戦をないがしろにした青い方が、空母四隻を撃沈されてから戦局は不利になっていきました。

あれから十年がたち、ここは硫黄島《いおうじま》。

この島を敵に占拠されてしまうと、いよいよ本土が危うくなってしまいます。幾多の戦功と根回しによって中将に昇格していたドクロちゃんは、松永《まつなが》くんや吉田《よしだ》くんをこき使って島中に塹壕《ざんごう》を張り巡らし、敵の来襲《らいしゅう》にそなえました。サバトちゃんはインパールの方に転戦してからというもの行方《ゆくえ》が知れません。

「桜《さくら》くん、こうなったら桜くんが突っ込むしかないね」

「え、今なんていったの？」

「桜くんが特攻するしかないね」

十年たっても未《いま》だ女性経験のない桜くんは、激しく抵抗しました。

「えーっやだよ！　何でぼくがそんなことしなきゃならないの!?　山崎《やまざき》先生にやってもらえばいいじゃん！」

「山崎先生は女ネズミの色仕掛けにはまって、今はカリフォルニアの収容所にいるよ。とにかくお願い！　桜くん。犬死にでもいいから」

「絶対やだ！」

「ボクは中将だよ」

「知ってるよ！」

「桜くんは二等兵だよ」

「……知ってるよ」

「ボクは桜くんの上官だよ。てことは桜くんを性転換するのも性転換手術のあと面白半分に元に戻すのも、全《すべ》てはボクの自由ってことだよ。命令に逆らうと」

ドクロちゃんは配下の兵士たちにアゴで合図をしました。

「サーイエッサー！」

梅沢《うめざわ》やら穂坂《ほさか》やらうっかりアニメでは男にしてしまった田辺《たなべ》など、クラスメイトたちが桜くんを捉《とら》え、服を脱がしました。

「やめて何それローションなのそのネバネバしたやつ？　うわああ冷たい冷たいよ！　いやだこんなローションプレイ！　そんなごつごつした手でマッサージしないで何でみんなそんなにうまいの!?　やめてっ！　気持ちいいと思ってしまう自分が嫌になるから！　わかったよドクロちゃん、ぼく、特攻する！」

「きゃはっ」

破顔一笑したドクロちゃんに、南《みなみ》さんから緊急《きんきゅう》連絡がありました。

「ドクロ中将、試作品をお送りします」

南さんは、この戦いで化学の才能が開花し『死の科学者』として、敵味方から怖《おそ》れられる存在になっていました。

がらがらと牛車に引きずられてやってきたのは、ひと言でいうならば、いちじく浣腸《かんちょう》、或《ある》いは、いすず往年の名車ジウジアーロデザインのピアッツァの様なシルエットをしていました。

「何なのこれ?」

「これは、ゲルニカ・ルルティエ連合の最終兵器、『マヨネーズ630双発夜間戦闘機《せんとうき》』だよ!」

「ていうかコレ、ただのマヨネーズのデカイのじゃん! コックピットないし」

「がんばって桜《さくら》くん、合い言葉は『ドーハの悲劇を忘れるな』!」

「意味わかんないよ! ああっ」

プロペラが回り、マヨネーズは桜くんを乗せて発進しました。

クラスメイトが一斉に敬礼する中、桜くんは、地獄のように絶望のように悔やんでも悔やみきれない過去の過ちのように、どすぐろく赤い夕陽《ゆうひ》の中へと飛び立ちました。

ドクロちゃんは、たくましく成長した桜くんの後ろすがたを、目を細めて愛《いと》おしそうに眺めました。そしてぽつり、

「桜くん、今までありがとう、そして、さよなら」

見送る一同は、だれが言い出したでもなく、お別れのうたを歌い始めました。

「♪[redacted]、[redacted]……」

おしま……


「ルール違反っすよ！」

慣れない小説を、アニメの仕事をサボって書いていると、うしろで声がしました。

振りかえると、おかゆまさきさんが立っていました。わたしは飛び上がりました。

「あれえっ、おかゆさんじゃないですか！」

「何ですかこの小説は、~~もっと真面目《まじめ》にやってくださいよ！~~　まったくアニメも小説もいい加減だなあ」

「~~真面目にやってますって！~~　せっかくおかゆさんを喜ばせようといろいろヌキどころとか入れて工夫したのに」

「どこがっすか!?　ぼくはそんな変わった性癖《せいへき》してませんよ！」

「またまた。一緒《いっしょ》にいちゃいちゃした仲じゃないですか～」

「~~またまたじゃないっす！~~　してないっす！」

★編集部注：作品内に一部相応しくない描写がございましたので、割愛させて頂きます。

「まあまムキにならずに気楽にやりましょう。お互い早稲田祭では名前を間違えられた仲じゃないですか」

「あーあれねー」

「あれは参りましたよねー。まあ、今こうしてネタにしてるんだから別にいいんですけどね」

「三木《みき》さんに注釈いれてもらわないとわかんないですよね、このエピソードは」

「で、何の用ですか？　勝手に小説の中に入って来ちゃって。自称司馬遼太郎《しばりようたろう》ですか？」

「変な終わり方だから出てきたんですよ。せっかくチーズバーグディッシュを食べていたのに。150グラムの方ですけど」

「終わり方、いけませんか？」

「いけませんよ。一応フォーマットとして、頭と後ろをぼくが書いて、その間を補完するというのがルールなんですから。いい大人なんだから規則は守らなくっちゃ。ちゃんと最後はつなげてくださいね！」

「わかりました」

思わぬ邪魔《じやま》が入ってしまいました。

おかゆさんがうるさいので、ラストを少し足します。

「♪[redacted]、[redacted]……」

桜《さくら》くんはこうして、旅立って行ったのです。

この後、桜くんがどうなったかは誰《だれ》も知りません。わたしも知りません。

ただし、これはアニメ版の桜くんです。

小説の桜くんはこのあと、マヨネーズに乗って戻ってきました。

ザクロちゃんの外交工作が功を奏しました。詳しいことはわかりませんが、どうやらザクロちゃんのテクニックのおかげでショージは骨抜きにされた様です。

こうして、桜くんとドクロちゃんにとっての何事もない日常が再び始まったのです。

とりあえずアニメのドクロちゃんは終わってしまいましたが、小説版はこれからも絶好調で続いていきます。みなさん、応援してください。わたしも応援します。

※二〇〇五年十一月開催の早稲田祭にて、アニメ『撲殺天使ドクロちゃん』の講演会が開かれた。そのパンフレットで、原作者・おかゆ氏&監督・水島氏ともに名前を誤表記されるハプニングがあった。主催した『早稲田アニメーション同好会』から、講演後非常に丁寧なお詫び文を頂いた。

★編集部注：作品内に一部相応しくない描写がございましたので、割愛させて頂きます。

☆☆ここからおかゆさん、復帰して執筆再開です！☆☆

「よかったね桜《さくら》くんっ！」

いつもよりだいぶ早すぎる帰り道、アルカディア商店街。時刻は十二時を過ぎて間もない頃《ころ》でしょうか。隣《となり》を歩く天使の少女はうきうきと両手いっぱいのマヨネーズを抱きしめています。

「よかないよこんなのは……！」

僕はため息をついて肩を落とし、うなだれます。

――あの後、僕は逃げるようにして「ああッ！　ドクロちゃんこんなにも熱が!!　だから家で寝ててって言ったのにー！」叫んでから天使の少女のおでこをさわり、「今家には誰《だれ》もいないんです！　僕、送っていきますから!!」と、早退手続き。こうして家路についているのです。

若い二人はこのような手段でしか、あの場を収拾するコトができませんでした。

★n★

目で見て覚える！
ドクロちゃん英単語

「ねぇねぇ桜くんっ。おなか、すかない？」

てくてくとコチラに歩み寄る彼女は、お皿を空っぽにしてしまった子猫のように僕を見上げます。そういえば、僕らは給食を食べそこなっているのです。

「しかたないなぁ……じゃあ、補導されないように気を付けながら、どこか寄る？」

★

僕とドクロちゃんがやってきたのは家の近所にある児童公園、アバランチ公園。

ベンチの横を見れば、そこにあるのはお昼ご飯用の、二斤分の薄切《うすぎ》り食パン。

「こんなに買って……」

そして隣に座った天使は、

「ねぇもっといっぱい、いっぱいぬってよぅ〜！」

僕が持つマヨネーズ塗り中パンに厳しい注文をつけてくるのです。

「だってドクロちゃん見てよ、もうマヨネーズ、一センチ近く塗ってあるんだよ？　土台のパンより厚いじゃん！　これじゃマヨネーズ食べてるんだかパンを食べてるんだかわからない！

もう充分でしょ？　我慢なさい！」

「桜くん、なんかお父さんみたい」

「いいからこれをお食べ。ほら、あーん」

僕はむりやり、彼女の口の前にパンを持っていきます。少女は「えへぇっ」と微笑《ほほえ》み、おくちをあーんします。

その時、

「あっ」

予想外のマヨネーズの重みに、たわむ食パン。それは手のひらからこぼれ落ち、

〈べたぁっ〉

「ひゃん！」

天使の少女の制服へと、マヨネーズ面を下にして付着してしまうのです！

「あぁあ……ッ、ごめんドクロちゃん！　す、すぐに――！」

「やっ、はあぅ、桜《さくら》くんっ！」

「ぬぁああッ!?　ちょッ！　なにこの手のひらの感触ぅ……ッ!?　そ、そうか！　膝《ひざ》の上へ落ちるハズだったパンは、しかしドクロちゃんのふくらみに、つまり胸に引っかかって止まって、僕はそのパンをどかしてマヨネーズをぬぐったんだ!!　つ、つまり……！」

今や胸元を押さえ、光と感情を無くした瞳《ひとみ》で僕を見上げる天使の少女。

「さわらレ……た。また、さくラくんに、ボクのムねを、つヨく――！」

「ま、待ってドクロちゃん!?　落ち着こう？　ねッ!?　話し合おう！　対話で僕達《たち》は解《わか》り合え

るハズだ！　ほら、キミの大好きなマヨネーズさんの前なんだよ!?　だめだよ！　エスカリボルグで叩《たた》かれたら僕から僕ネーズが出ちゃうッ！　断じて暴力では、バットではなにも解決できなべるぉあっ」

ぴぴるぴるぴるぴぴるぴーー♪

成田良悟の場合

★1★

～前略～

「ばか！　宮本《みやもと》のバカ！　おまえがバカなばっかりに！　僕の宿題がマチガイだらけ！」

「うるせえ馬鹿《ばか》‼　これでも前よりよくなったんだ！　文句があるなら俺《おれ》もう行くからな！」

「お、置いてくなよ！　くわ……——あ、よし、終わったあ！　終わり終わり！　まってよ宮本～！」

早歩き、僕は宮本に追いつき、一緒《いっしょ》に廊下を進みます。よく考えてみれば、数学の宿題だって結果が全《すべ》てじゃないのです。努力、それこそが大事なんだと思いますよ。

「まったくなぁ、俺の宿題を写すなんて桜《さくら》、お前ホントに末期的だぞ？」

「そういや、社会科教室ってどこだっけ？」

「聞けよヒトの話を。……って、まて、社会科教室？　なに言ってんだ。三時間目は音楽室だ

ぞ？」

「は……？　え、だって僕、社会の教科書とノートを持ってるよ？　ほら」

僕は手に持っていた社会科セット、資料集まで見せつけるように掲げますが、

「それはお前が間違えてんだ、ほら」

宮本は、薄《うす》い音楽の教科書と縦笛をコチラに見せつけます。

「じゃ、じゃあ教室に戻らなくちゃ！」

僕は急いで、駆け足の態勢になります。そして、

「…………なんで俺をじっと見てんだよ！　行ってこいよ一人で！」

「いくじなし！」

捨てぜりふを残して教室に走ります。

「うるさい！　俺は先に行ってるからな！」

背中で宮本の声を聞きながら、僕は二年A組に辿《たど》り着き、扉を〈がらり〉と開け放ちます。

「え……？」

そこにあったモノに言葉を失います。

なぜなら教室内では、パジャマを脱いで、スカートの前にくつしたをはこうと片足をイスに乗せたドクロちゃんが↓☆☆**ここより先、おかゆさんに代わって成田良悟さん、お願いします！**
☆☆↓いませんでした。

「ええッ!? なにそれ!?」

桜《さくら》は明らかに狼狽《ろうばい》する。自分が当たり前にあると思っていた現実。それが喪失した瞬間《しゅんかん》に、彼の脳髄《のうずい》はまさに自己崩壊《ほうかい》を選ぼうとしていた。

「選ぼうとしてないよ! っていうか、僕のマインドが何か三人称的に!? どうして!?」

「今は気にしたら駄目《だめ》……自分を保つのに集中して」

突然響《ひび》き渡る声に振り向くと、そこには桃色の髪をした、外ハネヘアの女の子が座っていた。

それは桜には見覚えのある顔で、ある意味忘れようの無い存在であった。

「き、き、君は………青木さん!?」

「久しぶりね、草壁《くさかべ》くん」

うっすらと微笑《ほほえ》む少女。しかし、彼女の瞳《ひとみ》からは本来笑顔の中に含まれるべき温かさや愉楽の情が完全に失われていた。

地球の運命を変える為《ため》に未来から来た天使。彼女が座るべき席、『桜の隣《となり》』。元からその席に座っていた青木《あおき》は、天使を止めようとした桜の声が引き金となって、この次元から消失した。

その彼女が今、まさしく桜の目の前にいる。

桜の心は安堵《あんど》とも驚愕《きょうがく》ともつかない想《おも》いに満たされ、心の混乱に耐えきれなくなった体は、やがて自己崩壊の道を選んだ。

「選ばないっつってんだろ! ……い、い、いや、君が突然帰ってきた事も驚《おどろ》きだけど、それよりなんかその、僕の心を浸食してるこの小説の地の文めいたものは一体なに⁉」

「世界の法則が乱れたのよ。今は気にしたらいけないわ」

「法則ってなに⁉　そんな小難しいことよりも、この現象の正体を教えてよ！」

青木の登場といい、心の中を浸食する言葉といい、桜は自分が狂ってしまったのではないかと考えてしまう。そう思うと、世界の全《すべ》てが絶望色に見えてきた。目に見えぬ筈《はず》の空気からも、匂《にお》いという形で慚愧《ざんき》の念がしみこんでくる。音さえも、怨嗟《えんさ》の声と化して鼓膜の中に染みこみ、脳味噌《のうみそ》を激しく揺さぶってくる。呑《の》み込んだ唾《つば》の味が、まるで血のように錆《さび》ついて感じられる。

生温《なまぬる》かった筈の空気が、今はなんと鋭く肌に突き刺さることだろうか。

感覚の全てから襲《おそ》いかかる失意の波に、とうとう桜の魂は自己崩壊の道を選んだ。

「しつこい！　黙《だま》れよ！」

「気にしないで、草壁くん。その声に翻弄《ほんろう》されたら駄目！」

事態を摑《つか》んでいると思われる少女の言葉に、桜は落ち着きを取り戻して耳を向けた。

「ねえ、草壁くん……私が急に消えたのって、どうしてだと思う？」

「え⁉　だって、それは……ドクロちゃんが……魔法《まほう》か何かで……？」

「……違うの。私が消えたのは——ドクロちゃんのせいじゃないの」

「へ？」

「私の存在を消したのは――草壁桜《くさかべさくら》くん、貴方《あなた》なの……」

★

「なあ……、桜の奴《やつ》、遅くねえか？」

音楽室の中で始業のチャイム待ちながら――髪が長く、目が糸のように細い少年が呟《つぶや》いた。

鍼灸医《しんきゅうい》の息子であり、2年A組の仲間である梅沢《うめざわ》だ。

重々しい雰囲気《ふんいき》で放たれたその一言に対し、何人かの男子生徒が露骨《ろこつ》に反応して見せた。

「……どういう事だ？」

褐色の肌をした茶髪の少年が、神妙な目つきになって梅沢を振り返る。

「おい宮本《みやもと》、あいつホントに教科書取りに戻っただけなのか？」

「ドクロちゃんと二人っきりでいちゃついてるってことはないだろうな!?」

男子達《たち》の追求に対し、宮本は軽く頷《うなず》いてから、教室内の時計に目を向けた。

「もうそろそろ来てもいい頃《ころ》なんだけどな」

冷静な宮本とは対照的に、クラスの男子達の目には懐疑《かいぎ》の色がより濃く浮かび上がっている。

このままでは埒《らち》があかぬとばかりに、茶髪の少年――佐々木《ささき》が、天井《てんじょう》から吊《つ》るされたバナナを縦笛で取ろうとしている小柄な影に声をかけた。

「松永《まつなが》、委員長として、教室の様子を見てきてくれよ」

「ウキー」

猿と化しているクラス委員長の松永は、返答めいた鳴き声を放つと同時に、窓からスルスルと校舎の外壁を降りて行った。

★

二人きりの教室。青木《あおき》の衝撃《しょうげき》の告白に対して、桜が大きく息を呑《の》み込んだ。

「えっ!?　僕が青木さんを消したって……ど、どういうこと？」

そんな桜に対し、青木は冷静な顔で言葉を紡《つむ》ぎ出す。

「私が消えた時のこと……覚えてる？」

「う、うん。ドクロちゃんの席の事で僕が抗議して、振り向いた時にはもう……」

「そう、私は消えた。その原因は……未来から過去に戻ろうとした存在のエネルギーが副作用を起こして、時空が変に捻《ねじ》れてしまったの。私も、その影響《えいきょう》で時間の狭間《はざま》に投げ込まれて……」

「ちょッ、なに!?　その一昔前のファンタジーっぽい設定は！　っていうか、未来から過去に来たエネルギーって、結局それじゃあドクロちゃんが原因なんじゃあないか！」

今は姿の見えない天使の姿を思い浮かべながら、桜は強く拳《こぶし》を握りしめる。

だが、その言葉を眼前の少女はあっさりと否定した。

「違うの、草壁《くさかべ》くん……それはただのきっかけに過ぎないの。問題は、その時空の傷に手をかけて、この世界を更にねじ曲げようとした存在がいたの」

「え？」

「そいつは、最初はただの妄想に過ぎなかったわ。でも、天使や魔法《まほう》という概念《がいねん》を受け入れた草壁くんの中で、妄想達《たち》は急激な成長を始めて……ドクロちゃん達が引き起こした時空の歪《ゆが》みの影響《えいきょう》で、精神という『情報』と、物質的な世界との境界が曖昧《あいまい》になったの」

「……えっと……つまり……どういうこと？」

困惑する桜《さくら》に対し——彼女はストレートに真実を告げた。

「時空をねじまげて、私をこの世から消し去ったのは……草壁くん、あなた自身……いえ……あなたの心の中にいる、もう一人の草壁くんのしわざなの……！　このままじゃ、今の草壁くんは、もう一人の貴方《あなた》の手によって、この次元から永遠に消し去られちゃうのよ！」

刹那《せつな》、桜の世界に沈黙《ちんもく》が訪れた。

彼の心はゆっくりと自己崩壊《ほうかい》を選ぼうとしている。

そして——今度こそ、桜はそれを否定しなかった。

★

「キキー」

　窓から音楽室に戻ってきた松永《まつなが》が、クラスメイト達に階下の様子を報告する。

「なにぃ!?　桜の野郎、青木《あおき》さんと二人っきりでラブラブブルーベリーってるだと!?」

「あ、あ、あんの変態スケベスベスベマンジュウガニ野郎、ドクロちゃんといいサバトちゃんといい、何人の女子を毒牙《どくが》にかければ気が済むんだ！」

　お猿になった松永の報告を聞いて、目にマグマを燃えたぎらせる男子達。

「お、おい、おまえらよく松永の言葉解《わか》るな。それに青木さんて行方《ゆくえ》不明だったんじゃ……」

　常識人である宮本《みやもと》だけが露骨《ろこつ》な疑問を口にするが、バーサークモードに入った佐々木《ささき》や梅沢《うめざわ》の耳には入らない。

「犬を出せ……ッ!　桜狩りだぁーッ!」

『おおーッ!』

「ワンワンッ!」

　柴犬《しばいぬ》の吉田《よしだ》を先頭に、暴徒の群と化した男子生徒達が我先にと音楽室を飛び出した。

　その後ろ姿を見送る事すらせずに、女生徒達は淡々と縦笛の楽譜を開き始めている。

まるで、男子の暴走など何事もない日常の一部だとでも言うかのように。

★

――僕の中のもう一人って……どういうこと？　おうムルとかメイタンテーのこと……？

青木《あおき》に問いただそうとせず、自分自身に対して何度も何度も尋ね続ける。すでに桜《さくら》の心は壊《こわ》れかけているとは言っていいだろう。

――うるさい、黙《だま》ってろ。

自分の心一つ制御できない。それほどまでに惰弱であった己の弱さに気付き、桜は――

――黙れよ！

「いいや、黙らないね」

……え？

「ふう……ようやく入れ替われたか、い、い、い」

え？　あれ、どういうこと？

「計算よりもタフな精神をしていたな。まあ、毎日撲殺《ぼくさつ》されていればタフにもなるか」

僕が、勝手に口を開いています。さっきまで僕の心に響《ひび》いていた卜書き風味の声が、今、僕の声帯と舌と口を操って言葉を紡《つむ》ぎ出しています。

なのに、僕の喋《しゃべ》りたい言葉はちっとも声になりません。それどころか、僕は自分の体が意志とは関係なく、何かに操られているように勝手に動いている事に気付きました。

なんだか肌の感覚も薄《うす》くなってきました。え、ちょっと、これ、僕、どうなってるの⁉

「現れたわね……黒桜。草壁《くさかべ》くん、まだ私の声が聞こえてる？」

青木さんが、すっかり雰囲気《ふんいき》の変わった僕を前に、緊張《きんちょう》した声で口を開きました。

僕は返事をしようとしましたが、やはり口は動きません。そんな僕の状況を察してか、青木さんは僕の言葉を待つ事なく状況の解説をしてくれます。

「貴方《あなた》の中で育った、『欲望の塊』……黒桜が、完全にこの次元に具現化するには、物質的な肉体を乗っ取る必要があるの。そう……自分という存在を生み出した、草壁くんの肉体を」

……その時、僕は思い出しました。ドクロちゃんが最初に僕の宿題を邪魔《じゃま》した時、僕の脳内で裸の僕が眼鏡の僕と壮絶なバトルを繰《く》り広げていた事を。まさか……こいつは裸の僕……？

「まあ、そういう事になるか……」

僕の疑問に、僕の体が勝手に答えます。ああ、今の話が本当だとするならば、僕の体を乗っ取っているこいつは、どうやら僕本人という事で間違いなさそうです。

「今日は、時間の歪《ゆが》みが最大になる日……つまり、黒桜がもっとも力を得る日。……草壁くん、よく思い出して。この派手な歪みは時間を振幅させて、同じ一日を何度か繰り返した筈《はず》よ。今の時間は歪みの中心だから、同じ事は繰り返されないけど……」

彼女に言われてよく考えてみると——僕は思い出しました。ドクロちゃんにノートをビショビショにされて、宮本《みやもと》にサヴァン症候群を疑われて、音楽の準備をしに教室に戻る……こ
こまでの記憶《きおく》は一つです。でも、その直後……教室の扉を開けてからの記憶は、今とは別に六つ、、、、、も存在しているではありませんか。ドクロちゃんとザンスが壮絶な殺し合いをしていた記憶。ドクロちゃんが魔法《まほう》の言葉を忘れて、学校のみんなを虐殺した記憶。われめ姫と静希《しずき》ちゃんが壮絶なバトルを繰《く》り広げた記憶。僕が、世界で一人だけ取り残された記憶。メタと空想の狭間《はざま》で静希ちゃんに「死ねばいいのに」と言われた記憶。なんかやけに伏字が多かった10年戦争の記憶……そして……今。

つまり僕は、今日を含めて同じ朝を七度も繰り返しているという事なのでしょうか？

「ああ、何度か一日を繰り返してチャンスを窺《うかが》ったが、ようやく僕は君と入れ替わる事ができたというわけさ。後は、僕の魂を完全にこの体に融合《ゆうごう》させて……ドクロとザクロ、それにサバトを始末する。ルルティエへの攻撃《こうげき》は、ザンスとやらを脅して打開策を考えるとしよう」

!?　ドクロちゃんを……始末するだって!?

「当たり前だろ？　せっかく未来の僕が『不老不死』を開発する事が解《わか》ったんだ。邪魔《じゃま》をする天使達《たち》は消しておいた方がいいだろ？」

なッ……何を馬鹿《ばか》な！

「なにを驚《おどろ》く？　お前だって何度も撲殺《ぼくさつ》されてるんだ。一度ぐらい殺してやろうと思うだろ？」

そ……そんなこと、そんなことさせるもんか！

「おや？　何故《なぜ》あの天使を庇《かば》う？　僕を生み出した本体はマゾッ気があったのかね？」

違う、違う！　お前なんか……お前なんか僕じゃない！

「ああ、違うさ。これから変わるんだ。お前が、僕に」

そんな……これが、これが、僕なの？　これが……僕の……本性？　僕の欲望が生み出した、僕の本当の姿……？　僕は、心の中でドクロちゃん達の事をそんな風に……！

その声は聞こえない筈《はず》なのに、青木《あおき》さんが僕の心に向かってなおも呼びかけます。

「草壁《くさかべ》くん。それは貴方《あなた》から完全に分断され育った心よ！　貴方の本心なんかじゃないわ！」

どうして、青木さんはそんなに自信を持って僕の事を断言できるのでしょう。混乱する僕をよそに、僕の体を乗っ取った黒桜は、余裕のこもった目つきで青木さんに一歩近づきます。

「しかし、ここで邪魔が入るとはね。青木……時空の狭間で大人しくしていればいいものを」

そういえば、青木さんは一体どうしてそこまで詳しく事情を知っているのでしょうか。それに、彼女は黒桜の野望を止めようとしているようですが、一体なんの得があってそんな行動をしてくれているのでしょう？

僕の心の声に、黒桜は反応しようとしません。代わりに、僕の顔を使ってなんとも妖艶《ようえん》な笑みを浮かべて見せました。うわ、僕、こんな表情できたんだ!?

「ふふ、ふふふははは、こいつはこいつは面白い事になってきた。最初のループではバベルにしてやられた。まさかこの教室でドクロとザンスを闘《たたか》わせるとは。さすがにあの場で出て行くわけにもいかないんでな。二回目のループは非常に危険な状態だったな。まさか学校の連中はおろか、静希《しずき》まで手に掛けるとは。全くもって恐ろしきは天使の一途《いちず》さという奴《やつ》さ。よくも機転をきかせて撃退《げきたい》したものだ。褒《ほ》めてやろう。マヨネーズの神社は建ててやらんがね」

あれを『一途さ』の一言で済ませるの!? なんですかそれ!? 大物ぶるな!

「三度目こそと思ったが、俺《おれ》と同じく時空のひずみに引かれたのか、『殊更《ことさら》の者』どもが覚醒《かくせい》した。われめ姫がこの時空から逃げるのと同時に、他《ほか》の連中の力も大人しくなったようだがな。四度目は完全な偶然で邪魔《じゃま》をされた。まさかあの天使、**時限発火なめこ**を未来に送るとは！ その影響《えいきょう》で時空が予想外にねじ曲がって、外に出るタイミングを逃してしまったからな……。だが……『殊更の者』達《たち》と『**時限発火なめこ**』が崩したバランスを整える為《ため》に、ちょっと反動が大きかったようだ。あの五度目のループの時に生じた世界の危機……まさかお前が世界を救えるとは思わなかったが、もうあの頃《ころ》の気概《きがい》も勢いも覚えてはいまい?」

そう言えば……クラスのみんなにマヨ射を見られて、逃げた勢いで世界を救ったような……。

「まあ、結局完全に世界が調整されるのに10年もかかってしまったがね。それにしても六度目《の》のループはあらゆる意味で危険だった……そうは思わないか? ちなみに、富田耕生《とみたこうせい》さんと野沢雅子《ざわまさこ》さんもかつてあの耳無しロボの声をやっていたらしいぞ?」

蒸し返すな！ それに千葉のネズミは『あのネズミ』って言い続ければOKです！ ト○ビ

アの泉でもそうやって誤魔化《ごまか》してた！　ていうか、青猫ロボはネズミ相手によく地球破壊《はかい》爆弾を使わなかったと褒めてあげたい！

「それにしても、外部の圧力《他社版権ネタ》という力で世界を修復するとは、流石《さすが》は異世界神《アニメ監督》よ……スケールの違いに感服だ。ふふ……知っているか？　ジャ○ラックへの申請は、増刷がかかる度《たび》に更新しなくてはならないから意外と大変なのだという事を。伏せ字という手法を開発した奴は偉大だな」

　なんか無理矢理まとめようとしてる!?　しかも微妙に世界の法則《現時点での筆者》の声を混ぜやがった！

「うるさい。二つ前の世界の法則《谷川流さん》ほどメタ視点じゃあない。件《くだん》のボツ原稿、ネタじゃなく本当に書いたらしいぞ……天才め。……まあ、ともあれだ。メタ世界も含めて、貴様の全《すべ》てはこの僕が戴《いただ》く……青木《あおき》を消したのも、全てはそのための布石よ！　ハハ……フハハハハ！」

　自白めいた言葉が、僕の口から勝手に溢《あふ》れ出しています。そんな！　これじゃ僕、まるで海辺の崖《がけ》で刑事さんに全てを告白する犯人みたいだよ！　死んじゃうの!?　僕、崖から飛び降りて死んじゃうの!?　『早まるな！』って止めてくれる刑事役の人、いるなら早く来てぇ！

「黙《だま》ってろ。僕の中で頭の悪い泣き言を言うな」

　酷《ひど》い!?　お前だって僕のくせに!?

　その時です。黒桜が僕を叱咤《しった》した隙《すき》をついて、青木さんが僕の体に向かって何かを向けます。

　え？　あれは……じゅ……銃!?

次の瞬間《しゅんかん》、青木《あおき》さんが手に持っていた銃から何かが勢いよく発射され——僕の手が簡単にそれをつかみ取りました。嘘《うそ》!? 僕ってこんなに運動神経良かったの!? 僕の手の中には、細長い注射器のようなものが握り込まれています。よくわかりませんが、もしこの針が僕の体に刺さっていたら、一体どうなってしまっていたんでしょう……!?

「クク……麻酔銃とは、ずいぶんとハイカラな真似《まね》を」

僕の体はたった一歩で青木さんとの距離を詰め、僕が持っていた筆箱から一本のシャープペンシルを抜き取り——それを、それを青木さんの首に……ッ!

「きゃあぁッ……!」

赤い色が、僕の目の前に飛び散りました。

突き刺さりはしなかったものの、首を切り裂いた一撃《いちげき》は、異常な量の血を噴出させます。見慣れていた筈《はず》の血の色。それが他人のものであるという事が、僕の体が彼女を傷つけたという事実が、その色をいつもとは全く違う存在のように彩《いろど》りました。

「とどめだ」

しかし僕の体は何の感慨《かんがい》もなさげに呟《つぶや》くと、血を流しながらよろめいた青木さんの目をめがけて凶器と化した文房具を振り下ろそうとしています。

やめろ、やめろやめろ! くそ! 動けよ僕の体! 僕の体のくせに! 14年間連れ添った僕を裏切るのかよ! ああ、引き留める刑事さんじゃなくていい! 法にかまわず僕にとどめを刺すダーティな刑事でもいいから、どうか誰《だれ》か、僕を、僕を殺してでも止めてぇ！

神か悪魔《あくま》か、あるいは見慣れた天使の姿を思い浮かべながら祈ったその時です。

奇跡は廊下側の窓硝子《まどガラス》が割れる音と共に、弾丸のような勢いで僕の体に噛み付きました。

「ガルルッ！」

「ぐおッ!?」

凶器を取り落とした僕の体の腕に、一匹の小さな猛獣《もうじゆう》が食らいついていいます。

吉田《よしだ》！……ドクロちゃんによって柴犬《しばいぬ》に変えられた吉田です！

「そこまでだ！　この変態エロマンガ島スケベニンゲン駅野郎！」

教室に響《ひび》き渡るのは、聞き慣れた声。

普段《ふだん》だったらまた袋だたきにされると身構えるのに、今はその声は非常に頼《たの》もしいです。

佐々木《ささき》や梅沢《うめざわ》を先頭とした男子集団が、教室の扉を勢いよく開け放ってなだれ込んできたではありませんか！

「青木さん！」

保健委員の木村《きむら》が、出血と共にへたり込んだ青木さんに駆け寄ります。そ、そうです。早く救急車を呼ばないと……！

「ふん……無駄《むだ》だよ、その出血では今から救急車を呼んでも間に合わない」

僕の口から発せられる残酷な言葉に、佐々木が敵意をむき出しにして言葉を返しました。

「話は聞こえてたぜ……お前、桜《さくら》の体を乗っ取った別の桜なんだってなぁ」

どうやら教室の外から話を聞いていたようです。普段《ふだん》だったら様子を窺《うかが》う事無く乗り込んでくる筈《はず》ですが、おそらく青木《あおき》さんの真剣な様子に躊躇《ためら》っていたのでしょう。

黒桜は吉田《よしだ》をなんとか振り払うと、なおも噛《か》み付こうとする柴犬《しばいぬ》から一歩飛びすさって、余裕の笑みを取り戻しました。

「だったらどうする？　僕の体ごと、僕を殺すか？　そうすれば、当然ながら体を失った僕は消える。だが……貴様《きさま》らにクラスメイトを殺すことなどできはしまい？」

くそう！　なんて卑怯《ひきょう》な奴《やつ》だ！　自分自身の体……つまり僕を人質に取るなんて！

どうしよう、これじゃ誰《だれ》も手が出せない！　フンじばるにしても、こいつの動きは僕の体を使ってるくせに尋常じゃない動きをするぞ！

「確かに！　悪の心に体を乗っ取られたのが南《みなみ》さんや一条《いちじょう》さんやドクロちゃんだったならば、俺達《おれたち》は手も足もでなかっただろう……」

対する佐々木《ささき》は、神妙な面持ちで頷《うなず》きながら言葉を紡《つむ》ぎました。

え？　なんか嫌な予感してきた！

「だが！　桜の体を桜の妄想が奪ったのなら！　俺達は桜の命を諦《あきら》める事に吝《やぶさ》かではない！」

殺す気満々だ……!?　僕、ドクロちゃん以外の人に殺されたら復活できないって設定じゃ!?

「まあ待てよ、とりあえずフンじばろう。後はザクロちゃんにでも相談しようぜ」

あ、梅沢《うめざわ》がいいこと言った！　ドクロちゃんじゃなくてザクロちゃんの名前を挙げるあたり、彼は世の道理というものに精通しているのが解《わか》ります！　流石《さすが》は鍼灸医《しんきゅうい》の息子！

佐々木や梅沢に続いて包囲網を狭《せば》める男子達に対し、黒桜は大きなため息をつきました。

「おいおい……貴様らに何の得がある？　お前らも不老不死にはなりたいだろう？　それとも、そんなにこの桜の人格は大事か？」

その問いかけに対し、梅沢が糸のような目で鋭く黒桜を睨《にら》みつけました。

「桜はこの際どうでもいい！」

おい。

「だけどな、桜がお前なんかに乗っ取られたら、ドクロちゃんが泣くんだよ。絶対、絶対泣くんだよ……。桜をぶちのめす事に、それ以外に何か理由がいるってのか！」

梅沢の言葉に、男子達は一斉に頷《うなず》き、それを見て、黒桜はさらに大きなため息をつきます。

「なるほど、つまりは貴様らもこの桜と同じく、あの天使に誑《たぶら》かされたというわけか」

『誑かされて、何が悪い！』

何人かが男らしく同時に叫び、黒桜……僕の体に飛びかかります。

しかし、僕の体は信じられないような勢いで地を蹴《け》ると、そのまま一気に教壇《きょうだん》の上へと飛び乗りました。そうです、こいつは麻酔銃とはいえ、僕の体を使って銃弾を受け止めたのです！

「ふふ……時空の歪《ゆが》みで生まれた俺《おれ》は、精神の力をそのまま肉体に影響《えいきょう》させられるのさ！」

ああ……そんな少年漫画みたいな設定を持ち出すなんて！　もうおしまいです。自画自賛みたいですが、こんな僕に勝てる奴《やつ》なんているわけがありません！

そう思った瞬間《しゅんかん》——教室の隅から、青木《あおき》さんを看《み》ていた木村《きむら》から明るい声が響《ひび》きました。

「よし、もう大丈夫《だいじょうぶ》！　応急処置は済んだ！」

「なに!?」

黒桜が驚《おどろ》きの声をあげます。確かに、あれは中学生がどうこうできる出血ではなかったように思えるのですが!?

「だてに保健委員として、桜《さくら》がミンチになったところをじっくり観察してないぜ！」

怖いよ！　観察する余裕があるならドクロちゃんを止めてくれよ木村！

しかし、実際に首からの出血が治まっているのは確かです。黒桜が驚いている隙《すき》に、男子達《たち》が再び僕の体に飛びかかって——僕は、クラスメイト達の実力を目《ま》の当たりにしました。

それからしばらく、男子達と黒桜の攻防戦が続きました。

最初は圧倒的な力でみんなをねじ伏せようとした黒桜でしたが、そう上手《うま》くは行きません。なんと、佐々木《ささき》をはじめとした男子達は、黒桜と互角に渡り合ったのです！　個々のスペックでは完全に負けていますが、息を合わせた男子達は、まるで一つの生き物のように黒桜と渡りあっています！　流石《さすが》は神がかった動きでいつも僕を袋叩《ふくろだだ》きにするだけのことはあります!?

布団屋《ふとんや》の息子である佐々木は、どこからか取り出したシーツを操って、まるで闘牛士《とうぎゅうし》のように黒桜の攻撃《こうげき》をかわします。その隙に西田《にしだ》が放った『Tシャツ乱舞』の陰から、鍼灸医《しんきゅうい》の息子である梅沢《うめざわ》が鍼《はり》を投げて攻撃しました。黒桜がその鍼をも避《さ》けたその先で——ルートヴィッヒ増田《ますだ》君の必殺技、『ベルリンの高い壁』が炸裂《さくれつ》します！　って、どんな技なのそれ!?

……そうこうしている間に息を乱し始めた黒桜が、頬《ほお》に冷や汗を流しながら口を開きました。

「く、くははははは！　そうかそうか成程《なるほど》成程。僕の中に貴様らのその強さの情報が無かったわけだ。ドクロという天使に影響《えいきょう》されたのは、桜だけじゃ無かったわけか」

黒桜はそこで笑いをピタリと止め、今度は一転して怒りの表情でみんなを睨《にら》み付けます。

「だが……愚かな連中だ！　いくらあがこうと、肉体を『支配』したこの俺《おれ》に勝てるかぁッ！」

僕の体が、激しく震《ふる》えます。全身の筋肉に対して明らかに異常な負荷がかかっています。精神が筋肉を操っており、今までとは明らかに力の入りようが違うのが解《わか》りました。

まさか……、まだ、本気じゃなかったというのでしょうか!?

肝心の僕が絶望しかけたその時……廊下を走る、蹄《ひづめ》のような音が聞こえました。

そして、その音を確認した佐々木が、ニヤリと笑いながらこう言ったのです。

「へッ……いるぜ？　テメエ以外にも、桜の肉体を『支配』した存在がなぁ！」

次の瞬間、僕は奇跡というものを目の当たりにしました。佐々木がそう叫んだ瞬間——教室の扉が勢いよく蹴破《けやぶ》られ、大きな影が室内に飛び込んできたではありませんか！

「なッ……ぐおおッ!?」

そのまま巨大な影――エゾジカの木下《きのした》君に蹴《け》り飛ばされて、筋肉ダルマになりかけていた僕の体が数歩後ろに後ずさります。

そして――僕は、僕にとっての奇跡を、木下君の背中に見つけました。

――ドクロちゃん！

「桜《さくら》くん！」

鹿《しか》の背にまたがったドクロちゃんは、状況が読み込めないといった顔で僕の体を見つめてきます。彼女とは対照的に、佐々木《ささき》が勝ち誇ったような顔で言いました。

「こんなこともあろうかと！　木下にドクロちゃんを呼びに走ってもらったんだよ！」

「え？　どういうことなの佐々木くん。ボクはただ、木下くんに『マヨネーズをたくさんあげるからついて来て』って言われて……」

って、木下君と喋《しゃべ》れるのかよ!?　なに？　なんで!?　動物のみんなの声が解《わか》らないのって僕だけなのもしかして!?　これも……黒桜のせいなの!?

喜びが憤《いきどお》りに掻《か》き消された僕の心をよそに、ドクロちゃんが青木《あおき》さんの存在に気付きました。

「あれ？　あの後ろで倒れてる女の子、どうしたの？」

小首をかしげるドクロちゃんに、男子達《たち》は見事なまでに息の合った声で叫びます。

『桜があの子に襲《おそ》いかかったんだよ！』

うっそ⁉　で、でもある意味ナイスだみんな！　僕は死ぬけど⁉

「さくら……くん？」

ドクロちゃんの体がわなわなと震《ふる》えます。すでにその右手はエスカリボルグを強く握りしめていて、この後の展開が嫌という程《ほど》目に浮かびます。

しかし、黒桜は諦《あきら》めていませんでした。

「おのれ……だが……本気を出せばエスカリボルグの一撃《いちげき》ぐらいかわせ……せ……せ………」

――なんだ？　体がうごかな……。

疑問に思う黒桜の心の声が聞こえました。そして、それに答えるかのように、よろめいていた黒桜の背後から声がかかります。

「肉体は精神に勝てない？　バカ言うな」

僕の背後に立つ梅沢《うめざわ》は、どこに忍ばせていたのか、長い鍼《はり》を僕の背に突き刺していました。

「鍼灸《しんきゅう》四〇〇〇年の歴史が……桜の心ごときに負けてたまるかよ」

代々続く鍼灸医の跡取りが刺したその鍼は、僕の全身から力をみるみる奪い――やがて、完全にその機能を麻痺《まひ》させました。

そして、その体にドクロちゃんは容赦無くエスカリボルグを――

――そんな……バカな⁉　この僕が！　こここここの僕ががががががが

何をそんなに恐れているんでしょう。僕はもう、何度も何度も死を経験してるというのに。

――た、助け――

……うるさい！　うるさいうるさいうるさい！　青木《あおき》さんを傷つけたお前なんかッ！

ドクロちゃんを殺そうとするお前なんかッ！　自己崩壊《ほうかい》する暇さえ赦《ゆる》さないッ！

お前なんかに僕の世界は、お前なんかにドクロちゃんは絶対に渡さ――――――

脳を砕かれた黒桜の精神が完全に僕の肉体から放逐《ほうちく》されたのと、ドクロちゃんのとどめの一《いち》撃《げき》が振り下ろされたのは、ほぼ同時の出来事でした。

つまり、脳を砕かれた以降の衝撃《しょうげき》と痛みは全《すべ》て僕が引き受けるわけでぼしゃらぼらすぅー

ぴぴるぴるぴるぴぴるぴー♪

★

「ありがとう……みんなのおかげで助かったわ」

「なに言ってるんだよ青木さん！　俺達《おれたち》、クラスの仲間じゃないか！」

完全に意識を取り戻した青木さんを囲みながら、男子の連中がしきりに鼻の下を伸ばしてい

ます。それにしても……謎《なぞ》なのは青木さんです。

「ねえ青木さん、あの銃は一体……」

僕が尋ねると、青木さんは今度は心の底から安堵《あんど》したような声で微笑《ほほえ》んでくれました。

「時空の歪《ゆが》みに巻き込まれたんだけど……時々、時空の歪み方によってこの世界から物を得る事ができたの……銃は、幼稚園の周りをモヒカンの人があれを持ってうろついてたから……」

……ザンスは幼稚園の周りで麻酔銃を持って何をしていたんでしょうか。気にはなりましたが、青木さんの優しい微笑みに目を奪われ、そんなことはどうでもよくなりました。

「でも、これで草壁《くさかべ》くんを助けられた……のかな。あまり役には立てなかったけど……」

「あ……でも、どうして僕なんかを……」

「それは……私が時空の狭間《はざま》をさまよって死にかけていた時、同じように桜《さくら》くんの中で育った精神体の人達が、私の事を助けてくれたの。だから、その恩を返さなくちゃと思って……」

「え？　他《ほか》の僕？」

「確か……名探偵おうムル＆探偵英雄☆メイタンテーとか名乗ってたけど……」

あいつらかよ！　僕はもっと詳しい話を聞こうとしたのですが……

「ああ……もうすぐ時間みたい……」

「えッ」

急に寂しそうになった彼女の瞳《ひとみ》を見て、僕は思い出しました。

青木《あおき》さんがここに戻ってこれたのは、時間の歪《ゆが》みが大きくなっていたからです。でも、それが終わるという事は……。

「心配しないで、時空が完全に安定すれば、私はまた戻ってこれるから……」

「青木さん……ぼ、僕達《たち》、青木さんの事待ってるから！　ドクロちゃんにも、青木さんの机に落書きとか彫り物とかさせないからね！　給食の余りも引き出しに隠させたりしないから！」

僕の言葉に、男子達も大きく頷《うなず》きました。ああ、みんなの心がようやく一つに……ッ！

「みんな……ありがとう！　私も、早く戻ってこれるようにするから……！　あ、でも、まだ時空が安定してないから……きっとあと一回は、今日の朝と午後の繰《く》り返しがあるわ。今の時間に何が起こるのかは解《わか》らないけど……」

なるほど。まあ、もう一回宮本《みやもと》の宿題を写すのは面倒ですが、今の僕達の団結力なら、どんな障害が起こったとしても無事に切り抜けれることでしょう！

クラスのみんなと、そして、ドクロちゃんがいてくれれば……ッ！

そんな僕の想《おも》いをよそに、ドクロちゃんは岩倉《いわくら》達が家庭科室から拝借してきたマヨネーズを抱え、木下《きのした》や吉田《よしだ》や松永《まつなが》の動物ーズと戯《たわむ》れています。……って、ちょッ、いいい、いま……

「キャッ、くすぐったいよ、木下くんったら！　そんなとこ舐《な》めちゃだめぇ……！」

木下がドクロちゃんの頬《ほお》を!?　く、くそう！　鹿《しか》の立場が今初めてうらやましくなった！

そんな怒りに燃えている僕に、青木さんが静かに声をかけてきました。

きっと僕とのしばしの別れを惜しんでいるのでしょう。惚《ほ》れられたのかも……照れます！

「そうそう、最後に一つ言っておくね……もう六回経験してる筈《はず》だけど、この後、草壁《くさかべ》くんはマヨネーズをドクロちゃんに塗りつけて胸を鷲摑《わしづか》みにして、そのままドクロちゃんに叩《たた》かれて僕ネーズを出す事になるから……今の内覚悟しておいて！」

「え⁉　何それ⁉　そう言えば朝を繰り返した記憶《きおく》はあるけど、午後の記憶は曖昧《あいまい》だ⁉」

しかし、その言葉に青木さんが答える事はなく——時間が来たのか、青木さんの姿は忽然《こつぜん》と消えてしまいました。

「あぁッ⁉　そんな気になる言葉を残して行かないでよ青木さん⁉　青木さぁあん⁉」

同時に、青木さんの言葉を聞いていた男子達が、そのままゆらりとこちらに向き直りました。

「桜《さくら》……」「貴様、そんな変態プレイを」

「どうやらまだ黒桜が居残っているようだなぁー？」「追い出さなきゃ」「コロサナキャ」

ジワジワと迫るみんなを前に、僕は震《ふる》えるような声を絞り出しました。

「ねえ、ちょっと待ってよみんな⁉　ほ、ほら、僕たち団結したばかりじゃないか！　ねえ！

そ、それにさ、みんな五日前っていうか五回ぐらい前のターンに、復活の呪文《じゅもん》を忘れちゃったドクロちゃんに一回殺されてるよね？　静希《しずき》ちゃんや先生達と一緒《いっしょ》に！　だからみんな、僕の痛みはわかるでしょ⁉　僕、信じてる！　みんなは人の痛みが解る子だって！　ていうか、みんなでドクロちゃんに一回説教する回にしようよ今日のホームルームは！」

「さあな……そんな事もあったかもしれないが、10年以上も前の事……俺《おれ》ルールでは時効だ」

「ああ！　なんでそんなあっさり10年間の記憶《きおく》を受け入れてるの!?　ままま、待ってよ。佐《さ》々木《き》、なに？　布団屋《ふとんや》の息子がそんな濡《ぬ》れたシーツを持ち出して僕をどうしようっていうの!?　梅沢《うめざわ》も、そそそ、その鍼《はり》、さっきより長くない？　心臓に達するぐらい長い気がするんだけど気のせいかな？　ほら、ルートヴィッヒ増田《ますだ》君も！　日本に来たんだから和の心を学んで帰ろうよ!?　あああ、石田《いしだ》も岩倉《いわくら》も遠藤《えんどう》も木村《きむら》も須藤《すどう》も田中《たなか》も西田《にしだ》も山本《やまもと》も渡辺《わたなべ》も落ち着いて！　宮本《みやもと》！　宮本はどこ!?　音楽室!?　ほ、ほら、宮本だけ今頃《いまごろ》女子に囲まれてうはうは状態で縦笛を吹いてるよって何を僕は親友を売ろうとしているんだ！　ってちょっとまって落ち着いて落ち着いてオチ――――」

☆☆ここからおかゆさん、復帰して執筆再開です！☆☆

「よかったね桜《さくら》くんっ！」

いつもよりだいぶ早すぎる帰り道、アルカディア商店街。時刻は十二時を過ぎて間もない頃でしょうか。隣《となり》を歩く天使の少女はうきうきと両手いっぱいのマヨネーズを抱きしめています。

「よかないよこんなのは……！」

僕はため息をついて肩を落とし、うなだれます。

——あの後、僕は逃げるようにして「ああッ！　ドクロちゃんこんなにも熱が!!　だから家で寝ててって言ったのにー！」叫んでから天使の少女のおでこをさわり、「今家には誰《だれ》もいないんです！　僕、送っていきますから!!」と、早退手続き。こうして家路についているのです。

★n★

目で見て覚える！
ドクロちゃん英単語

若い二人はこのような手段でしか、あの場を収拾するコトができませんでした。

「ねぇねぇ桜《さくら》くんっ。おなか、すかない？」

てくてくとコチラに歩み寄る彼女は、お皿を空っぽにしてしまった子猫のように僕を見上げます。そういえば、僕らは給食を食べそこなっているのです。

「しかたないなぁ……じゃあ、補導されないように気を付けながら、どこか寄る？」

★

僕とドクロちゃんがやってきたのは家の近所にある児童公園、アバランチ公園。

ベンチの横を見れば、そこにあるのはお昼ご飯用の、二斤分の薄《うす》切り食パン。

「こんなに買って……」

そして隣《となり》に座った天使は、

「ねぇもっといっぱい、いっぱいぬってよぅ～！」

僕が持つマヨネーズ塗り中パンに厳しい注文をつけてくるのです。

「だってドクロちゃん見てよ、もうマヨネーズ、一センチ近く塗ってあるんだよ？　土台のパンより厚いじゃん！　これじゃマヨネーズ食べてるんだかパンを食べてるんだかわからない！

もう充分でしょ？　我慢なさい！」

「桜くん、なんかお父さんみたい」

「いいからこれをお食べ。ほら、あーん」

僕はむりやり、彼女の口の前にパンを持っていきます。少女は「えへぇっ」と微笑《ほほえ》み、おくちをあーんします。

その時、

「あっ」

予想外のマヨネーズの重みに、たわむ食パン。それは手のひらからこぼれ落ち、天使の少女の制服へと、マヨネーズ面を下にして付着してしまうのです！

〈べたぁっ〉

「ひゃん！」

「あぁあ……ッ、ごめんドクロちゃん！　す、すぐに——！」

「やっ、はあぅ、桜くんっ！」

「ぬぁあああッ!?　ちょッ！　なにこの手のひらの感触ぅ……ッ!?　そ、そうか！　膝《ひざ》の上へ落ちるハズだったパンは、しかしドクロちゃんのふくらみに、つまり胸に引っかかって止まって、僕はそのパンをどかしてマヨネーズをぬぐったんだ!!　つ、つまり……！」

今や胸元を押さえ、光と感情を無くした瞳《ひとみ》で僕を見上げる天使の少女。

「さわらレ……た。また、さくラくんに、ボクのムねを、つヨく——！」

「ま、待ってドクロちゃん!?　落ち着こう?　ねッ!?　話し合おう!　対話で僕達《たち》は解《わか》り合えるハズだ!　ほら、キミの大好きなマヨネーズさんの前なんだよ!?　だめだよ!　エスカリボルグで叩《たた》かれたら僕から僕ネーズが出ちゃうッ!　断じて暴力では、バットではなにも解決できなべるぉあっ」

ぴぴるぴるぴるぴぴるぴ～♪

時雨沢恵一の場合

★1★

キャンペーンガールなドクロちゃん

〜前略〜


「ばか！　宮本《みやもと》のバカ！　おまえがバカなばっかりに！　僕の宿題がマチガイだらけ！」

「うるせえ馬鹿《ばか》!!　これでも前よりよくなったんだ！　文句があるなら俺《おれ》も行くからな！」

「お、置いてくなよ！　くわ……——あ、よし、終わったあ！　終わり終わり！　まってよ宮本〜！」

　早歩き、僕は宮本に追いつき、一緒《いっしょ》に廊下を進みます。よく考えてみれば、数学の宿題だって結果が全《すべ》てじゃないのです。努力、それこそが大事なんだと思いますよ。

「まったくなぁ、俺の宿題を写すなんて桜《さくら》、お前ホントに末期的だぞ？」

「そういや、社会科教室ってどこだっけ？」

「聞けよヒトの話を。……って、まて、社会科教室？　なに言ってんだ。三時間目は音楽室だ

ぞ？」

「は……？　え、だって僕、社会の教科書とノートを持ってるよ？　ほら」

僕は手に持っていた社会科セット、資料集まで見せつけるように掲げますが、

「それはお前が間違えてんだ、ほら」

宮本は、薄《うす》い音楽の教科書と縦笛をコチラに見せつけます。

「じゃ、じゃあ教室に戻らなくちゃ！」

僕は急いで、駆け足の態勢になります。そして、

「…………なんで俺をじっと見てんだよ！　行ってこいよ一人で！」

「いくじなし！」

捨てぜりふを残して教室に走ります。

「うるさい！　俺は先に行ってるからな！」

背中で宮本の声を聞きながら、僕は二年A組に辿《たど》り着き、扉を〈がらり〉と開け放ちます。

「え……？」

そこにあったモノに言葉を失います。

なぜなら教室内では、パジャマを脱いで、スカートの前にくつしたをはこうと片足をイスに乗せたドクロちゃんが↓☆☆**ここより先、おかゆさんに代わって時雨沢恵一さん、お願いします！☆☆↓**

「——あれ？」

「どうした？　桜君《さくら》」

「あれっ？　あれれれれっ!?　ドクロちゃん……、今、着替えてなかった!?　あれ？　なんで制服をちゃんと着てイスに座ってるの!?　それも机の上に両肘《りょうひじ》をついて、組んだ両手に顎《あご》を乗せて」

「何を言っているんだい桜君。ボクはさっきからこうしていたよ」

「口調もなんか変だよ？　なんか落ち着いていて渋い……、というか誰《だれ》!?　声が！　声が違うーっ！」

「そうか？」

「そうだよ！　声だけ聞いていると違う人だー！　あなたは一体誰ですかーっ!?」

「まあ、落ち着けよ」

「し、渋すぎる！　何なのその声ー!?」

「普通、だろ？」

「全然普通じゃないよドクロちゃん！　全然普通じゃないっ！」

「そう、かな？」

「そうだよ！　——い、今までのドクロちゃんの声が、た、例えばだよ千葉紗子《ちばさえこ》さん（注・声も歌もお顔もすてきな声優さん）だったとすると、今のドクロちゃんはまるで若本規夫《わかもとのりお》さん

（注・渋い声の男の声優さん）だよっ！」

「些細《ささい》なコトだ」

「だー、やめてやめて！　渋い声でぶっきらぼうに短い台詞《せりふ》言うの！」

「まあ座れ！」

「ひーっ！」

「怖がらなくてもいい。ボクは三塚井《みつかい》ドクロだ」

「ひーっ！」

「まあ座れ。ほら、そこの、ボクの向かいの席が都合よく空いているぞ」

「って、全部空いてるよドクロちゃん！」

「そうとも言う」

「じゃ、じゃあ、座るけど、ちょうど僕の席であるドクロちゃんの向かいに。——っと。こ、これでいい？」

「うむ。こうして貴様と向かい合って話をするのも、久方ぶりのことだな」

「何その戦国武将みたいな台詞!?　ドクロちゃん、やっぱりとっても変だよ！」

「まあ座れ」

「座ってるよドクロちゃん！　思いっきり！　向かいに！　きっちり！」

「うむ」

「いや〝うむ〟じゃなくて——」

「こうして貴様と向かい合って話をするのも、久方ぶりのことだな」

「それはさっき聞いた」

「うむ」

「はっ！　僕はこんなことをしている場合じゃないんだよドクロちゃん！」

「ふむ。——見たところだいぶ焦《あせ》っているが、何があった？　そうまでして急ぐ理由が何か、ボクに言ってみるといい」

「授業だよ授業！」

「〝授業〟、と言ったか？」

「そうだよ！　次は音楽の授業だから、教科書と笛を持って音楽室に行かなくちゃいけないの。ドクロちゃんも学校に来たのなら行こうよ！」

「小童《こわっぱ》あ！」

「ひぃいぃいぃいっ！」

「小さいっ！　貴様は小さいぞっ！」

「ご、ごめんなさい！——何が？」

「ん？　さあ？」

「〝ん？　さあ？〟じゃないよドクロちゃん！　いきなり大声出して！——あーもういいか

ら！　僕は行くから！　止めないでね！」

「ふっ、止めないさ——、若人《わこうど》の熱き思い。そうそれは、誰《だれ》にも止められはしないのさ——、若人の熱き思いは。具体的に言うと——、若人の熱き思いだ」

「どうして三回も言うの？」

「なんとなしに気に入ったから」

「あっそ」

「冷たいな、桜《さくら》君。——そんな冷たい桜君には、このトマトジュースをプレゼント」

「なんでそんなの持ってるの？　しかもこれ……、二リットルのペットボトルだ。うわー、トマトジュースの二リットルペットボトルなんて初めて見たよ僕は！」

「〝目に見えるものしか信じられない〟——人間とはかくも浅はかな生き物であったのか」

「いきなり何を言い出すのさ？　ドクロちゃん」

「まあ座れ」

「さっきから座ってるよドクロちゃん！　——あっ？　ああっ！　チャイムが鳴ってる！　デッドリミットを告げる鐘《かね》の音がっ！　今まさにっ！」

「うむ。チャイムが鳴っているな。これで桜君は完全に遅刻だな。どうしようもないな君は。それでも学生かね？　時間も守れない人間は将来ろくな大人にならないぞ」

「だーっ！　誰のせいですかっ!?」

「人のせいにする人間も、将来は以下略だ」

「もういいっ！　もうドクロちゃんにはつきあってられないから！　僕は品行方正ないい子だから！」

「そうか？」

「そうだよっ！　今から音楽室に急いで、先生には笛がなかなか見つからなかったからって嘘《うそ》を言って誠心誠意謝って、そしてみんなと授業を受けるからっ！」

「ボクはね、桜《さくら》君――」

「何？　急いでるから短くね」

「分かった。ボクはね、たまに自分がどうしようもない、愚かで矮小《わいしょう》な奴《やつ》ではないか？　ものすごく汚い天使ではないか？　なぜだかよく分からないけれど、そう感じる時があるんだ。そうとしか思えない時があるんだ……。でもそんな時は必ず、それ以外のもの、たとえば世界とか、他《ほか》の天使の生き方とかが、全《すべ》て美しく、すてきなもののように感じるんだ。とても、愛《いと》しく思えるんだよ……。ボクは、それらをもっともっと知りたくて、そのために撲殺《ぼくさつ》をしているような気がする」

「長っ！　長ゼリフだよドクロちゃんっ！　――しかもなんかどこかで聞いたこと読んだことあるような台詞《せりふ》だし（著者注・電撃《でんげき》文庫の『キノの旅　―the BeautifulWorld―』シリーズ好評発売中！）」

「まあ座れ」

「座ってるよドクロちゃん！」

「辛《つら》いことや悲しいことは、ボクが天使をしている以上必ず——」

「それはもういいから」

「そうか」

「じゃあ行くからね！　学校来たのなら、せめて次の授業は出ようね！　それじゃっ！」

「うわーっ！　がらがらどしゃん」

「わっ！　何？　今の悲鳴とわざとらしい転倒音、の口まね」

「桜……、君……」

「ど、どうしたのドクロちゃん!?　机に突っ伏して！」

「もう、ダメだ……。ダメだよ……、桜君……」

「しっかりするんだ！」

「撃《う》たれた……、恐らくは狙撃兵《そげきへい》だ……」

「いや、全然撃たれてないよ。というか、学校にそんなのいないし」

「奴は、ボクだけを狙《ねら》っていた……。そして桜君が離れた隙《すき》に……。くそう……」

「ドクロちゃん！　しっかり！　撃たれてないから。ねっ？」

「見てくれよ……。腹からあふれ出すこの真っ赤な……」

「それはトマトジュース！　さっきのトマトジュースの二リットルペットボトルを、ドクロちゃんがひっくり返したのっ！　ああもったいない！」

「そう、真っ赤な皿が……」

「〃血〃！　皿は違うから！　書き間違えないでねドクロちゃんっ！　というか血ですらないからっ！」

「た、頼《たの》む……、草壁軍曹《くさかべ》……」

「うわあ、やめてよ今にも死にそうな声！　声が渋いから怖さ倍増！　――って〃草壁軍曹〃って誰《だれ》？　僕？」

「これを……、この手紙を……、家族に……」

「いつ書いたのドクロちゃん？　しかもかわいい便箋《びんせん》にハートマークのシールで封してるし」

「家族に……、渡してくれ……。そして、〃愛していた〃と、伝えて欲しい……」

「それは自分で言いなよドクロちゃんっ！　だめだ諦《あきら》めちゃ！　――って死なないから。ドクロちゃんどこも負傷してないから！」

「よせよ……、自分の躰《からだ》のことは、自分が一番よく分かるさ……」

「いや、なんにも分かってないよドクロちゃん！」

「優しいな。草壁二等兵……」

「優しくないから。単に思ったこと素直に言っただけだから。――って階級がごそっと下がってるー！　僅《わず》か数十秒でっ！」

「そんな優しさが……、ゲホッ！　いつかお前を……、何よりも苦しめるかもしれないっ！　それが分かるかあっ!?　草壁三等兵！」

「分かんないよ！　苦しみながらそんな力説されても分かんないものは分かんないよドクロちゃんっ！　――なんでまた階級が下がったのか！」

「フッ……。倒置法か……」

「そんなことどうでもいいから」

「お前らしい……、実にお前らしい倒置法だ……。みごとだ……」

「そんなのもどうでもいいから」

「だが忘れるな……、そんな倒置法が……、ゴホッ！　いつかお前を……、何よりも苦しめるかもしれない……」

「もう意味が分かんないから」

「どこにいるんだ……？　草壁四等兵……。ここは真っ暗だ……。何も見えない……。何も……。何も……。何も……」

「それは、そんなにしっかり目をつぶれば何も見えないよドクロちゃん」

「ああ、見えてきた……。浮かんできた……。サウスダコダの草原だ……。懐《なつ》かしい景色だ……」

「どこを見てるのさドクロちゃん？」

「アメリカ中西部だ。地理の時間にやったよな？」

「そう言えばやったね。で、急に口調がはっきりしたね」

「ゲホッゴホッぐはぁ！　もうだめだ……。とうとう、ウイルスが脳にまで……」

「撃《う》たれたんじゃなかったの？」

「最後に……、あの歌を……。あの歌を……」

「歌？　歌って何っ？」

「あの歌を……」

「歌ってほしいのっ!?　聞かせてほしいのっ!?　ドクロちゃん！」

「いいえ。ボクが歌います」

「歌うのか」

「さんはいっ——〝ぴぴる、ぴる、ぴる……、ぴぴるぴぃ……、ゴホッ！　ぴ、ぴる……、ぴるぴ、る……、ぴぴるぴ、い……、ば、んのう……、ち……、まみ、れ……、バット……、ゲホッ！　え、エスカリボ……、ルグ……〟」

「ひーっ！　恐《こわ》いよドクロちゃんっ！　その声で死にそうに歌わないでーっ！」

「分かるか？　桜《さくら》君」

「分かんないよ！　ドクロちゃん！」

「バカやろう！　パシン！」

「あうっ！　――なんでそこで平手打ちされなくちゃいけないかも分かんないよっ！」

「殴《なぐ》られもしないで大きくなった奴《やつ》があるか!?」

「それは詭弁《きべん》だよ！　だからって殴られていい訳じゃないよっ！」

「馬鹿《ばか》やろう！　ぱしんぱしんっ！」

「に、二度もぶったね。合計三度も！」

「よく聞け！　マヨネーズ（注・半固体状ドレッシングのうち、卵黄または全卵を使用し、かつ必須原材料〔食用植物油脂、食酢〕、卵黄、卵白、タンパク加水分解物、食塩、糖類、香辛料、調味料〔アミノ酸等〕、および酸味料以外の原材料を使用していないものだけを指す）はなあっ！」

「な、なんの話？」

「いいから聞けぇ！　マヨネーズは！　元はフランス語だったんだ」

「で、なんでいきなりマヨネーズの話？　話が飛びすぎ」

「悪く思うなよ。これは伏線なんだ」

「またもどこかで聞いたようなセリフだし」

「まあ座れ」

「座ってるってば、ドクロちゃん！」

「こんな話を知っているか？　桜君《さくら》」

「ああもうまた突飛に……。何？　何？」

「とある北欧の自動車メーカーは、世界で初めて三点式シートベルトを開発した。しかし、より多くの人間が安全であってほしいと願い、その特許を無償で公開、提供している」

「へー、そうなんだ。――で、その話が何か？」

「いい話だな」

「……言ってみただけ？」

「うむ」

「………………。それでは僕は、これから遅刻して怒られるのを覚悟の上で音楽教室に向かいますので、もう止めないでください」

「待て！　待つのだ桜君！」

「そんな渋い声で必死になって言っても駄目《だめ》なものは駄目です。つきあいきれません」

「まあ座れ」

「さっきからずっと座っているけど、もうすぐ立ちます。そうして僕は、旅に出ます。春まだ浅い音楽室へ。万感の思いを込めています。たとえネジにされたって、やり遂げてみせます。

――あれ、笛どこへいったかな？」

「男っていつもそう！　――女がいつまでも、故郷のポプラ通りで自分だけを想《おも》って待ってると思っているのね！」

「泣ける台詞《せりふ》だけど、その渋い声で言われると恐《こわ》いだけです」

「まあ座れ」

「座ってますが以下同。話はそれだけですか？」

「そうだのう。今日は、タライに乗って大きな海を渡ろうとしたおじいさんの話を、どれ、特別にしてやろうじゃないか」

「結構です」

「ふむ。風船にぶら下がって大きな海を渡ろうとしたおじさんの話の方がいいのか。桜君は、あの話がすきだのう。はっはっは」

「どっちも結構です」

「行っちゃだめーっ！　行かないで！　行かないで桜君！」

「ぞぞぞぞぞぞ。――僕は今、渋い声でかわいい台詞を言われる恐怖というものが、どれほど恐ろしいものか、地球上のどんな生物よりも分かっていると思います」

「まあ座れ」

「座って以下略。でも、行きますから。ちょうど笛も見つかったし。そうか国語のプリントで押し込んじゃったから奥に隠れていたのか。駄目だぞ、この笛君。今度は君が鬼ね。あはは、ほうらつかまえてごらん？」

「何それ、現実逃避《とうひ》？　ちょっと恥ずかしいぞ桜君《さくら》」

「現実からの乖離《かいり》著しい今日のドクロちゃんにだけは言われたくないです」

「まあ座れ」

「よっこらしょ、と立ち上がる僕。さて、教室には出入り口が二つあります。今日はどっちから出ようかなあっと僕は悩みながら立ち上がります。手には笛と音楽の教科書——」

「警告しておく。桜君。そのドアから教室を出たら、君はもう二度と戻って来られなくなるぞ。危険だからやめなさい」

「また訳の分からない冗談を言って。そうして僕はテクテクと進み、ドアまであと数歩です」

「桜君——」

「なに？　もうあと二歩で僕は廊下に出て、音楽室まで猛ダッシュだから。これがドクロちゃんの渋い声聞ける最後のチャンスだから」

「では言おう。——その手に持っているものは、何だ？」

「手？　これは、笛と音楽の教科書。音楽室に行くんだから当然でしょ。もういいね？」

「桜君」

「まだ何かあるの？」

「ああ。そこからほんの少しだけ首を横に振って、黒板の脇《わき》に張られている時間割を見てみるんだ」

「時間割？」

「今日の三時間目の欄《らん》。そこには何て書いてある？」

「それはもちろん〝音楽〟——ああっ⁉」

「そこには、何て書いてある？」

「あれっ？　あれれれっ⁉　今日は、×曜日だよね！　間違いないよね⁉」

「そうさ。そして三時間目だ。その字が、桜君には、〝音楽〟に読めるのかい？」

「あれれれれれー っ！」

「ボクには、〝社会〟って書いてあるように見えるよ」

「ど、どうしてーっ⁉」

「おや桜君、手から笛が落ちたよ。しかも袋から飛び出してしまったね。あまり床はきれいじゃないから、そのまま使わない方がいいだろうね。もっとも、他人の笛を舐《な》めることを至上の生き甲斐《がい》にしている桜君には、なんてコトはないのかもしれないが」

「なんてコトあるよ！　だいたい誰《だれ》が他人の——。そんなことはどうでもいい！　何で社会なの？　やっぱり移動先は、僕が言ったとおり社会科教室でよかったんじゃないかっ！」

「そのとおりさ。桜君が音楽室に行っても、クラスメイトは誰もいない。ブラームスやパッヘルベルやリストの肖像画が見つめる中、一人で孤独に縦笛を吹いていたのだろう。鼠《ねずみ》でもついてきてくれるといいがね」

「…………」

「まあ座れ」

「うん」

「妙に素直だな。いいだろう。ボクの目の前の席が空いているぞ」

「全部空いているよドクロちゃん。で、どういうこと……？」

「ふ。鳩《はと》が豆鉄砲喰《く》らったような顔をしているな。無理もない」

「……宮本《みやもと》が、ボクに嘘《うそ》を言った？」

「ま、当然そういうコトになるな。それも意図的にだ」

「……あ、あのやろー」

「おっと、宮本君を恨むなよ。宮本君に嘘を言うように言ったのは、ボクなんだからね」

「ドクロちゃんが!?」

「ああ。昨夜わざとノートをびしょびしょにして宿題をやらせなかったのも、宮本君の宿題を写させて移動を遅らせたのも、全《すべ》てボクの計画どおりだ。二時間目の終わりに桜《さくら》君が写すのも予想の範囲内だ。何故《なぜ》かって？　ボクには分かっていたからね――、桜君の心が」

「…………」

「まあ座れ」

「座ってるよ。座ってるけど、分からない。どうしてそんなことをドクロちゃんが？」

「………」

「ドクロちゃん？」

「……八回も同じ一日を繰《く》り返すのは、それは危険なことなんだよ」

「はい？　なんの話？」

「八回も同じ一日を繰り返すと、真実の優位性がずれるんだ」

「はい？　何を言ってるのか分からないよ、ドクロちゃん」

「本来は、〝その日〟は一日きりしかない。普通の人間にとっては、その日の記憶《きおく》はその日の記憶でしかない。そしてそれが真実として残る。でも、今の桜君みたいに八回も今日を、それも日によってあまりに違う行動を繰り返してしまうと――」

「ちょっと待ってちょっと待って！　なんの話？　八回の今日？」

「まあ座れ」

「座っているよドクロちゃん！　どうして何度も同じことを言うの？　意味がないよ。もうなんか、〝マアスワレ〟って呪文《じゅもん》にも聞こえてきた。フランスのデザートみたいだよ」

「つまりはそういうことさ」

「はい？」

「何度も何度も同じことを聞くと、やがてその言葉の意味すら危うくなる。それと似て、本来一生に一回しか来ないはずの〝一日〟を八回も繰り返してしまうと、どれが本当の一日だったのか分からなくなる」

「はい？　今日を八回繰《く》り返す？　何言ってるの？　そんな記憶《きおく》は、僕にはな――」

「どうした、桜《さくら》君？」

「…………。僕には……、僕は……」

「顔が真っ青だぞ？」

「ど、ドクロちゃん……、僕は質問するから……、正直に答えて……」

「いいだろう。ボクの今の下着の色が知りたいのかい？　スケベだね桜君。答えよう。白だ。まるでラップランドに降り積もる雪のようにな」

「ど、ドクロちゃんとザンスがこの教室で壮絶な殺し合いをしたのは……」

「パンツは無視かよ。まあいい」

「き、昨日のことだよね……？　あは、あははは！　ドクロちゃんが、日本における連続殺人の記録を塗り替えたのは……お、一昨日《おととい》かな？　傍点と割れ目にひどく恐怖したのは……、先週のことだよね？　ドクロちゃんを僕が必死になって捜し回ったのは……、きの、いや――、一昨昨日なんだよね？　五輪目指して新しい部活の練習をしたのは……、たっ、たぶん四日前……。〝水死体〟と〝子供ブランド〟が戦ったのは……、もう忘れてしまった遠い日の記憶だよね……？　青木《あおき》さんなんて、もうずっと消えてしまっていないよね!?　ちょっと前に会った気がするのは、今朝見た夢だよね？　ねっ？　夢だったんだよね!?　ねっ？　――ねぇっ!?」

「ほうら、言わんこっちゃない。八回も時間がちゃんと流れずに記憶に留《とど》まるってことは、いくら桜君が他人の笛を舐《な》められるほどの強靭《きょうじん》な精神力の持ち主でも、辛《つら》いことなんだよ。耐えられないんだ」

「………………」

「だから、もう君は駄目《だめ》なんだよ桜君。駄目なんだ」

「ど、どどどどどど……」

「都々逸《どどいつ》につれてって?」

「どどどど……」

「ドイツ軍総攻撃《こうげき》?」

「ど、どうすればいいの?　どうすればいいの?　僕……?」

「死ぬしかないよ」

「えっ!?」

「そんな人間は、速かれ遅かれ精神を崩壊《ほうかい》させる。そんな桜君を、ボクは見たくないんだ。だからボクは、君の苦しみを終わらせる。痛くないよ。一瞬《いっしゅん》ですむ。この——、なーんでーもできちゃうバット、エスカリボールグーで、君の苦しみを、とこしえに取り除いてあげる」

「ひ、ひっ……」

「何をそんなに怖がるんだい？　いつものコトじゃないか？　撲殺《ぼくさつ》なんて」

「う、うわああ」

「逃げても無駄《むだ》だよ」

「ひいぃーっ！」

「だから——もう、座らなくていいんだよ。桜君《さくら》」


どべしぐしゃごしゃぇあ。

ぴぴるぴるぴるぴぴるぴー♪


「はっ！　ここはどこ！　僕は誰《だれ》？」

「もう、桜くんったら。いきなりあけちゃ駄目だぞっ」

「はっ！　ドクロちゃん！　ここは教室！　ドクロちゃんは制服！　そして声は例えるなら千《ち》葉《ば》紗子《さえこ》さんっ！」

「何を言ってるの？　桜くん」

「ぼ、僕は一体……。ああ、分かったよ！　ドアを開けて着替え中だったドクロちゃんが、僕を撲殺して、そして着替えが終わって生き返らせてくれたんだね？」

「うん。まったくもう、女の子の着替えを覗《のぞ》くなんてダメダメ！　誓いの言葉が先でしょ、桜くん！」

「じゃ、じゃあっ！　八回繰《く》り返した今日は？　あの渋い声のドクロちゃんは!?　強力若本ドクロはあっ!?」

「ん？　……なんの話？」

「あ……、あれは、夢……？　殺される直前に僕が見た、走馬燈《そうまとう》……？　八回の今日も、最後の恐怖も、全《すべ》てが夢……」

「変な桜くん。日本でもブラジルでも、一日は一回に決まってるよ」

「そ、そうかあ……、そっかそっかーっ！　全部が夢だったのか……。よかったあ……。よかった……」

「なんだかとっても恐《こわ》い夢を見たみたいだねっ」

「もう、忘れたいよ。それにしてもリアルな夢だったなあ……」

「まあ、えてして夢って見ている間は現実味があるものだよね、桜くんっ！」

「わっ、とか言いながら無邪気に抱きつかないでドクロちゃん！　ここ教室！　学校！　パブリックスペイス！　こんなところ誰かに見られたら――」

「桜ーぁ。音楽の先生がお腹《なか》下してリタイヤだ。来たときからゴロゴロいっていたけど、とうとう授業放棄してトイレにひっこんじまったよ。だから自習だ自習。もう行かなくていいぞ。

みんなもうすぐ戻ってくるから、俺《おれ》は桜《さくら》に来ないでいいと言うために一足先に音楽室から来てやったぞ感謝しろ――」

「はっ！　宮本《みやもと》！」

「さ、桜……。お前……、ナニをやっている……？」

「ナニって……。えっと……」

「俺には、ドクロちゃんと抱擁《ほうよう》しているように見える。ああ、見えるさ、確かに」

「ピンポーン！　宮本くん大正解！　ボクは〝こんなところじゃ駄目《だめ》〟って言ったのに、桜くん、ご・う・い・ん……」

「貴様……、桜……、とうとう俺達《たち》の神聖なる教室においてまで、そのような破廉恥《はれんち》な行為に及ぶか……」

「違う！　これは不可抗力で――」

「みんなー！　桜とドクロちゃんが俺達の学舎《まなびや》で抱擁中だぞ！」

「……抱擁」「抱擁だ……」「やっぱりな……」「こんなコトだろうとは思っていたんだけどね……」「やっぱり桜くんてスケベニンゲンだったんだ……」「ああ、やっぱり」「俺達は桜のコトをまだ見くびっていたな。まさかここまでするとは……」「わっ！　みんな早いお着きで。自習よかったね。何その形相？　なんでそんな、親の敵《かたき》を見るような目？　クラスメイトを見る目じゃないよね。えっと僕、睨《にら》まれるようなこと何かやった？　ねえっ！　僕は――」

二年A組の教室に嵐《あらし》が吹き荒れ——、風が舞う。

風は壁の紙を剥《は》がす。小さな紙。誰《だれ》も気づかない。

書かれているは二文字——〝社会〟

★n★

☆☆ここからおかゆさん、復帰して執筆再開です！☆☆

「よかったね桜くんっ！」

いつもよりだいぶ早すぎる帰り道、アルカディア商店街。時刻は十二時を過ぎて間もない頃《ころ》でしょうか。隣《となり》を歩く天使の少女はうきうきと両手いっぱいのマヨネーズを抱きしめています。

「よかないよこんなのは……！」

僕はため息をついて肩を落とし、うなだれます。

――あの後、僕は逃げるようにして「ああッ！　ドクロちゃんこんなにも熱が!!　だから家で寝てて言ったのにー！」叫んでから天使の少女のおでこをさわり、「今家には誰《だれ》もいないんです！　僕、送っていきますから!!」と、早退手続き。こうして家路についているのです。

若い二人はこのような手段でしか、あの場を収拾するコトができませんでした。

「ねぇねぇ桜《さくら》くんっ。おなか、すかない？」

てくてくとコチラに歩み寄る彼女は、お皿を空っぽにしてしまった子猫のように僕を見上げます。そういえば、僕らは給食を食べそこなっているのです。

「しかたないなぁ……じゃあ、補導されないように気を付けながら、どこか寄る？」

★

僕とドクロちゃんがやってきたのは家の近所にある児童公園、アバランチ公園。

ベンチの横を見れば、そこにあるのはお昼ご飯用の、二斤分の薄《うす》切り食パン。

「こんなに買って……」

そして隣《となり》に座った天使は、

「ねえもっといっぱい、いっぱいぬってよぅ〜！」

僕が持つマヨネーズ塗り中パンに厳しい注文をつけてくるのです。

「だってドクロちゃん見てよ、もうマヨネーズ、一センチ近く塗ってあるんだよ？　土台のパンより厚いじゃん！　これじゃマヨネーズ食べてるんだかパンを食べてるんだかわからない！もう充分でしょ？　我慢なさい！」

「桜くん、なんかお父さんみたい」

「いいからこれをお食べ。ほら、あーん」

僕はむりやり、彼女の口の前にパンを持っていきます。少女は「えへぇっ」と微笑《ほほえ》み、おくちをあーんします。

その時、

「あっ」

予想外のマヨネーズの重みに、たわむ食パン。それは手のひらからこぼれ落ち、

〈べたぁっ〉

「ひゃん！」

天使の少女の制服へと、マヨネーズ面を下にして付着してしまうのです！

「あぁあ……ッ、ごめんドクロちゃん！　す、すぐに――！」

「やっ、はあぅ、桜くんっ！」

「ぬぁああッ!?　ちょッ！　なにこの手のひらの感触ぅ……ッ!?　そ、そうか！　膝《ひざ》の上へ落

ちるハズだったパンは、しかしドクロちゃんのふくらみに、つまり胸に引っかかって止まって、僕はそのパンをどかしてマヨネーズをぬぐったんだ!!　つ、つまり……!」

今や胸元を押さえ、光と感情を無くした瞳《ひとみ》で僕を見上げる天使の少女。

「さわらレ……た。また、さくラくんに、ボクのムねを、つヨく――!」

「ま、待ってドクロちゃん!?　落ち着こう?　ねッ!?　話し合おう!　対話で僕達《たち》は解《わか》り合えるハズだ!　ほら、キミの大好きなマヨネーズさんの前なんだよ!?　だめだよ!　エスカリボルグで叩《たた》かれたら僕から僕ネーズが出ちゃうッ!　断じて暴力では、バットではなにも解決できなべるぉあっ」

ぴぴるぴるぴるぴぴるぴ〜♪

あとがき

只今《ただいま》、紙を触りすぎて手がカサカサし過ぎているためなのか、いくらやっても携帯電話の指紋認証セキュリティーが僕を認証してくれずプチ死活問題に直面している最中なのですが、それはそうとお久しぶりです!!『撲殺《ぼくさつ》天使ドクロちゃんです』の編集長、おかゆまさきがあとがきを書かせていただきます。僕がキミのご主人様だって何度言ったらわかるんだ! あ、ロックが解除された!

さて、本作『撲殺天使ドクロちゃん でぃれくたーず・すぺしゃる』略して『ドクロちゃんです』は、

二〇〇五年の三月から九月にかけて発売されましたアニメ『撲殺天使ドクロちゃん』のDVDに特典として収録されました、四人の作家さんによる四本の短編小説〝改稿ヴァージョン〟

プラス、

本作のため、新たに四人の作家さんに書き下ろしていただいた四作品。合計、八本の小説。

さらに、

とりしもさんを含めた八人の絵師さんによる『ドクロちゃんの世界』を描いていただいたイラストをゴ・ゴ・ゴ・ゴとお届けする、

『超弩級《ちょうどきゅう》のコンピレーション・ドクロちゃん』となっております。

今回、僕はその『超弩級のコンピレーション・ドクロちゃん』の『編集長』に、担当編集の三木《みき》さんから任命されました。

——ま、まずは企画が日の目を浴びるコトとなりました経緯から、お話しさせてください。『撲殺天使ドクロちゃん』の制作現場では日々、様々な企画やアイディアが生まれては、目には見えない僕らの未来手帳に書き加えられております。例えば『ドラマCDを作ろう』とか（これは実現しました）、『抱き枕《まくら》をつくろう』とか（これは実現できてません）、『ソーセージにしよう』とか（これもまだです）、『ミュージカル化しよう』とか（これは言ってみただけです）いろいろです。

その中に、ある日『ドクロちゃんを他《ほか》の作家さんに書いてもらうのはどう？』という案が出現したのを僕は憶《おぼ》えています。ちょうどそれは今日のような、春の小雨が降る夕方……いや、残暑の厳しい夏の……、ええと、とにかくそれはハッキリと憶えているのです。

しかし、忙しい日々の生活は僕らに忘却を求めます。それはあたかも、おでこに上げたメガネを見失い、そのままもう一つのメガネをかけてジャスコへ買い物に出かけてしまうかのようにです。どんなおしゃれですかそれは。今思い出しただけでもあれは恐ろしい出来事でした。

話が逸《そ》れました。

さらにはこの企画。僕の急病に端を発し、DVDの特典として一度日の目を見たアイディア。まさかそれが、さらにスケールアップして目の前に現れるとは。

とにかく、そんなコトもすっかり忘れていたある日、僕は突然『じゃあ、おかゆさんは編集長』と、電撃《でんげき》文庫編集部に「おはようございまーす」と入っていった時に、すごく遠くの方から担当編集さんに言われたのです。

企画をご依頼《いらい》させていただく小説家さんとイラストレーターさんの選出、文庫内容全体の構成、告知のネーム、文庫帯のデザイン、全《すべ》てに関《かか》わらせていただきました。そして、楽しませていただきました。そして、なぜ編集者さんは仕事が終わると飲みに繰《く》り出すのかも、知りました。

その中で改めて、おかゆまさきは、「クリエーターさんて、ほんと凄《すさ》まじいな！」という感を新たにしたのです。

イラストを描いていただいた、

ＣＬＡＭＰさん、氷川《ひかわ》へきるさん、いとうのいぢさん、駒都《こまつ》えーじさん、渡辺明夫《わたなべあきお》さん、しやあさん、若月神無《わかつきかんな》さん。

そして小説を書いていただいた、

水島努《みずしまつとむ》さん、谷川流《たにがわながる》さん、築地俊彦《つきじとしひこ》さん、時雨沢恵一《しぐさわけいいち》さん、高橋弥七郎《たかはしやしちろう》さん、ハセガワケイスケさん、成田《なりた》良悟《りょうご》さん、鎌池和馬《かまちかずま》さん。

すべての皆様が独自の世界を持ち、読者を魅了《みりょう》し続けている方々ばかり。

この度《たび》、そんなクリエーターさんお一人お一人の世界の中に、少しずつ『ドクロちゃん』を混ぜていただき、そうして出来上がりましたのがこの『ドクロちゃんです』です。深々と謝意を。

みなさんの作品を誰《だれ》よりも先に拝見させていただき、僕はすっごくドキドキしたのです。拝見させていただきながら幾度となく身を仰《の》け反らせてしまいました。

早く、一刻も早く、読者のみんなにこの『おもしろきコト』をお届けし、存分に味わっていただきたい。なによりもそう思いました。

『ドクロちゃん』は、さらに様々な『お祭り』を企画中です。また是非、機会がありましたらよろしくお願いいたします。僕も、なんでもいたします。

そしてこの『お祭り』は、読者のみなさんの中に着陸するコトで、完成するモノです。

願わくば、この本を手にしたあなたの身が何度も仰け反りますように。

二〇〇六年四月某日　編集部にて
おかゆまさき

電撃おばあちゃんの
毎度馬鹿馬鹿しい撲殺を
きゃああああああああああ!
桜くんの色キチ三平!
おわ
ちょっと待ってよ!このシチュエーションよくわからないけど誤解に決まってるよ!
まんが◎氷川へきる
ごめんね桜くん……
月に一度の桜くんオブジョイトイの日かと思って…
何そのエロテロリスト
最近、桜くんのツッコミ愛がないよね
ちょ!
ドクロちゃん!怖いからエスカリボルグ向けないでよ!

ごめんね
桜くん…
ほら！もう
どこにも
ないから
平気だよ
ドクロちゃん
何かノリが
怖いよ！
エスカリボルグ
しっかり
見えてるし！
怖いってば！
怖いって！
怖い怖いって
お前さん本当は
何が怖いんだい？
今度は
悪魔っ子が
怖い
タカシ〜
ドクロちゃん
面白かった
か〜？
そんな話
じゃねーよ
クソババア
ドクロちゃんに
謝れ！
ぴぴるぴるぴるぴぴるぴ

おしまい

すぺしゃる·さんくす

★

水島 努様
谷川 流様
築地俊彦様
時雨沢恵一様
高橋弥七郎様
ハセガワケイスケ様
成田良悟様
鎌池和馬様

CLAMP様
いとうのいぢ様
駒都えーじ様
渡辺明夫様
しゃあ様
若月神無様
氷川へきる様

川瀬浩平様
伊平崇耶様

岩田光央様
相澤清繁様
木戸健介様

◉おかゆまさき著作リスト

「撲殺天使ドクロちゃん」（電撃文庫）
「撲殺天使ドクロちゃん②」（同）
「撲殺天使ドクロちゃん③」（同）
「撲殺天使ドクロちゃん④」（同）
「撲殺天使ドクロちゃん⑤」（同）
「撲殺天使ドクロちゃん⑥」（同）
「撲殺天使ドクロちゃん⑦」（同）

本書に対するご意見、ご感想をお寄せください。

■

あて先

〒101-8305 東京都千代田区神田駿河台1-8 東京YWCA会館
メディアワークス電撃文庫編集部
「おかゆまさき先生」係
「とりしも先生」係
「各 先生」係

■

電撃文庫

撲殺天使《ぼくさつてんし》ドクロちゃんです

おかゆまさき
高橋弥七郎、築地俊彦、鎌池和馬、ハセガワケイスケ
谷川 流、水島 努、成田良悟、時雨沢恵一

発　行　二〇〇六年六月二十五日　初版発行
二〇〇七年五月　五　日　再版発行

発行者　久木敏行
発行所　株式会社メディアワークス
〒一〇一-八三〇五　東京都千代田区神田駿河台一-八
東京YWCA会館
電話〇三-五二八一-五二〇七（編集）
発売元　株式会社角川グループパブリッシング
〒一〇二-八一七七　東京都千代田区富士見二-十三-三
電話〇三-三二三八-八六〇五（営業）
装丁者　荻窪裕司（META＋MANIERA）
印刷・製本　加藤製版印刷株式会社

落丁・乱丁本はお取り替えいたします。
定価はカバーに表示してあります。

ISBN4-8402-3443-4 C0193

電撃文庫創刊に際して

文庫は、我が国にとどまらず、世界の書籍の流れのなかで〝小さな巨人〟としての地位を築いてきた。古今東西の名著を、廉価で手に入りやすい形で提供してきたからこそ、人は文庫を自分の師として、また青春の想い出として、語りついできたのである。

その源を、文化的にはドイツのレクラム文庫に求めるにせよ、規模の上でイギリスのペンギンブックスに求めるにせよ、いま文庫は知識人の層の多様化に従って、ますますその意義を大きくしていると言ってよい。

文庫出版の意味するものは、激動の現代のみならず将来にわたって、大きくなることはあっても、小さくなることはないだろう。

「電撃文庫」は、そのように多様化した対象に応え、歴史に耐えうる作品を収録するのはもちろん、新しい世紀を迎えるにあたって、既成の枠をこえる新鮮で強烈なアイ・オープナーたりたい。

その特異さ故に、この存在は、かつて文庫がはじめて出版世界に登場したときと、同じ戸惑いを読書人に与えるかもしれない。

しかし、〈Changing Time, Changing Publishing〉時代は変わって、出版も変わる。時を重ねるなかで、精神の糧として、心の一隅を占めるものとして、次なる文化の担い手の若者たちに確かな評価を得られると信じて、ここに「電撃文庫」を出版する。

1993年6月10日
角川歴彦

電撃文庫

撲殺天使ドクロちゃん	撲殺天使ドクロちゃん②	撲殺天使ドクロちゃん③	撲殺天使ドクロちゃん④	撲殺天使ドクロちゃん⑤
おかゆまさき イラスト／とりしも	おかゆまさき イラスト／とりしも	おかゆまさき イラスト／とりしも	おかゆまさき イラスト／とりしも	おかゆまさき イラスト／とりしも
ISBN4－8402－2392－0	ISBN4－8402－2490－0	ISBN4－8402－2637－7	ISBN4－8402－2784－5	ISBN4－8402－2994－5
ぴぴるぴるぴるぴぴるぴ～♪　謎の擬音と共に桜くん（中学二年）の家にやってきた一人の天使。……その娘の名前は、撲殺天使ドクロちゃん!?	ぴぴるぴるぴるぴぴるぴ～♪　桜くんを想うがあまり、つい撲殺しちゃう、ふしぎな天使ドクロちゃん。そんな彼女がいっぱい詰まった第②巻がついに登場！	ぴぴるぴるぴるぴぴるぴ～♪　いつもドクロちゃんの頭の中は草壁桜くん（中学二年）でいっぱいです。全電撃文庫読者の予想に反し、さりげなく第③巻も発売！	ぴぴるぴるぴるぴぴるぴ～♪　修学旅行で京都にやってきた桜くんとドクロちゃん。クール・ビューティー南さんも大活躍の第④巻登場！	ぴぴるぴるぴるぴぴるぴ～♪　「桜くんが大好き＝桜くんを撲殺」という公式はどうなのですか。と常に疑問に思う桜くんと、ちょっぴり不器用な天使ドクロちゃんの物語。
お-7-1　0802	お-7-2　0852	お-7-3　0914	お-7-4　0987	お-7-5　1062

電撃文庫

撲殺天使ドクロちゃん⑥
おかゆまさき
イラスト／とりしも
ISBN4－8402－3143－5

びぴるぴるぴるぴぴるぴ～♪　桜くんを好きなあまり、つい撲殺しちゃうドクロちゃん。なんと彼女がファンタジー世界に!?　しかも桜くんが勇者なんてありえない。

お-7-6　1141

撲殺天使ドクロちゃん⑦
おかゆまさき
イラスト／とりしも
ISBN4－8402－3343－8

ぴぴるぴるぴるぴぴるぴ～♪　南の島で繰り広げられる、ちょっぴり危険な『僕達の旅 ―the Beautiful World―』。ドクロちゃんと桜くんの愛と流血の青春白書。

お-7-7　1229

撲殺天使ドクロちゃんです
おかゆまさき ほか
イラスト／とりしも ほか
ISBN4－8402－3443－4

今度はおかゆまさきが編集長!?　おかゆさんと仲が良かったり、良くなかったり（!?）する人たちが集まって、みんなで『ドクロちゃん』を書（描）きました！

お-7-8　1270

ボクのセカイをまもるヒト
谷川 流
イラスト／織澤あきふみ
ISBN4－8402－3206－7

津門綾羽紬。読みは〝ツトアヤハツムギ〟。彼女はいきなりやってきて、「僕をまもる」とか言い出した。谷川流が放つ、大注目の最新作、電撃文庫より登場！

た-17-10　1168

ボクのセカイをまもるヒト②
谷川 流
イラスト／織澤あきふみ
ISBN4－8402－3444－2

傍若無人な美少女、戦闘メカ幼女、ゴスロリ魔術師……その次にやってきたのは、不思議な三人姉妹。ねえ綾羽、ボクのセカイはこれからどうなるの。大人気シリーズ第2弾！

た-17-11　1271

電撃文庫

護くんに女神の祝福を！
岩田洋季
イラスト／佐藤利幸
ISBN4－8402－2455－2

吉村護が一目ぼれされた相手──鷹栖絢子は、容姿端麗で性格崩壊でビアトリス制御の天才で大金持ちで衛星を撃ち落すことが出来て、でもとても純情で……。

い-5-5 0838

護くんに女神の祝福を！②
岩田洋季
イラスト／佐藤利幸
ISBN4－8402－2544－3

高校生活においてとても大切な時期がやってきました。そう、学園祭です。付き合い始めたばかりのふたりの期待はそりゃもう膨らむわけで……！

い-5-6 0872

護くんに女神の祝福を！③
岩田洋季
イラスト／佐藤利幸
ISBN4－8402－2685－7

護くんと絢子に、第3のイベント発生！生徒会の面々と〝泊りがけ〟でスキーに行くことになったのだ！　期待たっぷり、それ以上に不安要素もたっぷり……!!

い-5-8 0933

護くんに女神の祝福を！④
岩田洋季
イラスト／佐藤利幸
ISBN4－8402－2757－8

護の高校に突然やってきた転校生……って〝彼女〟なのですが、問題は続いて現われた〝臨時教師〟のほうでして……。激ピュアラブコメディ第4弾！

い-5-9 0975

護くんに女神の祝福を！⑤
岩田洋季
イラスト／佐藤利幸
ISBN4－8402－2882－5

恋人たちが急接近するバレンタイン・デーがやってきました。でも不安要素が一つ、絢子の尊敬するお祖父さんが急遽帰国!?　えっ、まだ二人の仲は内緒なんだって!?

い-5-10 1023

電撃文庫

護くんに女神の祝福を！⑥

岩田洋季
イラスト／佐藤利幸

ISBN4－8402－3047－1

生徒会長が卒業します。ちょっと寂しくなりますが、明るく笑顔でお送りしたいと……。あれ、エメレンツィアが護に急接近～!? こ、これは波乱の前触れです!?

い-5-12　1098

護くんに女神の祝福を！⑦

岩田洋季
イラスト／佐藤利幸

ISBN4－8402－3176－1

新学期になりました～。護も生徒会副会長として新入生を迎えるのですが、今年の新入生は問題児ばかり。何かにつけて絢子や護に対抗しようとしてきて――!?

い-5-13　1157

護くんに女神の祝福を！⑧

岩田洋季
イラスト／佐藤利幸

ISBN4－8402－3446－9

新入生の加入によって護や絢子の周囲に様々な恋愛思惑が行き交う生徒会。それは、南の島での生徒会親睦旅行の間だろうと何一つ変わるはずもなくて……。

い-5-16　1273

護くんに番外編で祝福を！

岩田洋季
イラスト／佐藤利幸

ISBN4－8402－2999－6

汐音の髪型の秘密や初詣、ドキドキ治安部活動に、はたまた学園祭の裏話などｅｔｃ。護と絢子のラブラブ短編が一冊にまとまった激ピュア・ラブコメ番外編なのです！

い-5-11　1067

護くんに番外編で祝福を！②

岩田洋季
イラスト／佐藤利幸

ISBN4－8402－3272－5

ドタバタのマラソン大会や汐音の初恋話、女子高生を目指すエメレンツィアに記憶を失った絢子などなど、計五編をまとめた激ピュア・ラブコメ番外編、第二弾です！

い-5-14　1201

第8回電撃小説大賞<銀賞>受賞作家　　電撃文庫「悪魔のミカタ」シリーズ著者

うえお久光が贈るモダンファンタジー!!

待望の第2弾の幕が上がる!!

眠ると異世界へ《シフト》する
不思議な現象。
異世界では、【ラケル】という名の
トカゲ男として、
隠者のような生活を
送っていた転校生・赤松祐樹は、
異世界での出来事が
現実世界に浸蝕し始めた時、
一つの決断を下す。
"あちら"のラケルは
獅進リカルトと対峙し、
"こちら"の祐樹は
日野鷹生との勝負に臨む。
そして、
その結果がもたらすものは――。

シフトII
―世界はクリアを待っている―

シフト
―世界はクリアを待っている―
著◆うえお久光
A5判／ハードカバー
本文322頁／定価 1,680円
ISBN：4-8402-3112-5

シフトII
―世界はクリアを待っている―
著◆うえお久光
A5判／ハードカバー
本文306頁／定価 1,680円
ISBN：4-8402-3495-7

絶賛発売中

※定価は税込(5%)です。

電撃の単行本